# Un audacieux marché

JENNIFER HAYWARD

# Un audacieux marché

*Traduction française de*
CHRISTINE MAZAUD

Azur

HARLEQUIN

*Collection :* Azur

*Titre original :*
HIS MILLION-DOLLAR MARRIAGE PROPOSAL



**HARPERCOLLINS FRANCE**
83-85, boulevard Vincent-Auriol, 75646 PARIS CEDEX 13
Service Lectrices — Tél. : 01 45 82 47 47

www.harlequin.fr

ISBN 978-2-2804-1317-6 — ISSN 0993-4448

# 1.

Les rendez-vous du jeudi soir avec ses frères Nico et Santo au café Di Fiore étaient un rituel auquel Lazzero Di Fiore ne se soustrayait jamais depuis que Santo, son cadet, et lui, alors étudiants à l'université de Columbia, avaient imaginé de créer une grande entreprise de vêtements de sport. Ce qui n'était alors qu'un délire de potaches quelque peu alcoolisés était devenu réalité.

Le logo qu'ils avaient gravé dans la petite table du bar, une espèce de boomerang rouge vif, ornait désormais les tenues des athlètes les mieux payés du monde.

Hélas, pour le plus grand déplaisir de Lazzero, succès professionnel et vie privée étaient incompatibles et leur succès leur valait de faire souvent la une de la presse people.

Saluant amis et clients, il traversa le café bondé qu'il avait ouvert avec Santo à Manhattan. Autre succès. Il jeta un coup d'œil aux jambes des femmes qui, assises au bar, les exhibaient ostensiblement. C'était le jour du Triple Play, un rituel que les fans de base-ball de la Grande Pomme ne rataient jamais. Pourtant, ce qui dominait dans l'air du café, c'était un parfum de luxe. Lazzero pesta intérieurement. Tout ça à cause de cette Samara Jones ! Il l'aurait bien étranglée.

— Ça devient un vrai cirque, dit-il, bougon, en rejoignant Santo et Nico, déjà attablés.

— Quoi ? Que la journaliste la plus lue du pays nous ait mis en numéro deux sur sa liste des célibataires les plus convoités de New York ?

Santo, très chic dans son costume noir Hugo Boss, haussa les sourcils.

— Tu veux quoi ? Lui faire un procès ? demanda Nico.

Lazzero se tourna vers son frère aîné, qui devait se réjouir de ne plus être sur le marché. Il venait de se fiancer avec Chloé, avec qui il dirigeait Evolution, l'une des plus florissantes sociétés de cosmétique mondiales.

— Tant mieux si ça t'amuse, répondit Lazzero, maussade.

Nico haussa les épaules.

— Si tu voyais le cirque que c'est, de se marier, je te jure que ça te ferait rire. Bon sang ! Pourquoi ai-je accepté un mariage à Noël ?

Lazzero ne parvint pas à compatir, la notion même de mariage le dépassait.

— Montre-moi ça, dit-il en fusillant Santo du regard.

Poussant le magazine sur la table, Santo remarqua une belle blonde tapageuse qui le fixait effrontément depuis le bar. Desserrant son nœud de cravate, il se cala dans le fond de sa chaise en la détaillant des pieds à la tête.

— Pas mal, dit-il, l'air d'apprécier.

Tout à fait pour Santo, pensa Lazzero. Le genre de fille prête à tout.

Lazzero prit *Entertainment Buzz* et chercha la fameuse liste établie par Samara Jones dans son journal.

Son regard s'arrêta sur le deuxième nom. Le leur.

*Beaux et propriétaires de l'entreprise de vêtements de sport la plus florissante de la planète, Lazzero et Santo Di Fiore se hissent à la deuxième place de notre classement. Jeunes, riches et puissants, ils sont sans nul doute ce que Manhattan compte de plus dosé en testostérone ! Ils se retrouvent tous les jeudis soir au café Di Fiore où ils mettent au point leur plan de bataille sur le coin de la table d'où tout est parti.*

L'air dégoûté, Lazzero jeta le magazine sur la table.

— Tu te rends compte de ce qu'elle écrit ?

— Calmos ! dit Santo, badin, les yeux rivés sur la blonde

sophistiquée qui ne détachait pas le regard de son beau profil. Quelques semaines, et personne n'y pensera plus.

— C'est toi qui le dis.

Santo reporta son attention sur lui.

— Qu'est-ce qui te met à cran comme ça ?

Il fit une pichenette sur le journal.

— Ne me dis pas que c'est ça. Tu as la tête ailleurs depuis des semaines et…

À son tour, Lazzero se cala contre le dossier de sa chaise.

— C'est Gianni Casale, dit-il avec un soupir. Il m'a appelé cet après-midi. Le contrat de licence ne lui va pas. Il a tout rayé à l'encre rouge. Il sait que sa marque est en perte de vitesse, qu'on lui prend part de marché sur part de marché et, malgré ça, il n'admet pas qu'il a besoin d'un partenariat.

Le problème était d'autant plus crucial que Lazzero prévoyait de faire de Supersonic le numéro deux mondial des vêtements de sport d'ici à la fin de l'année suivante, assurance que ses investisseurs avaient donnée aux banques. L'acquisition de Volare, la légendaire technologie des chaussures de sport de Fiammata, la société de Gianni Casale, était une absolue nécessité.

Santo leva son verre.

— Soyons honnêtes. Le vrai problème avec Casale, c'est qu'il te déteste.

— Déteste ? C'est un peu fort, non ?

— Pas vraiment. Le monde entier sait que Carolina a épousé Gianni par dépit quand tu l'as laissée tomber. Heureusement pour Gianni, il avait un gros matelas à la banque. Ça l'a beaucoup consolée ! Il n'empêche, et elle ne s'en cache pas, elle est toujours amoureuse de toi. Son couple bat de l'aile et Casale sait qu'il ne fait pas le poids. Il a peur. C'est ça, le vrai problème.

Lazzero soupira. La culpabilité le rongeait. Il avait dit à Carolina qu'il ne s'engagerait jamais. Pour avoir vu le couple de ses parents tanguer puis sombrer, il s'était juré de ne jamais connaître le même désastre. Elle avait dit comprendre et tout allait bien jusqu'à ce que, quelques mois après le début de leur relation, elle ne commence à prendre ses aises. Un jour — elle rentrait d'un voyage en Asie — elle était arrivée chez lui sans y avoir été invitée sous prétexte de lui préparer un dîner chinois. Un talent qu'il ne lui avait jamais connu…

Peut-être n'avait-il pas prêté attention aux signes avant-coureurs, trop absorbé qu'il était par son travail et un planning de voyages complètement fou. En tout cas, quand il s'était rendu compte qu'elle s'imposait trop à son goût, il avait rompu sèchement, mais un peu tard.

— Gianni ne peut pas en faire une affaire personnelle, ce serait ridicule. Il y a cinquante millions de dollars en jeu.

— Il ne serait pas le premier à faire passer son orgueil avant ses intérêts, fit Santo.

Il se pencha vers son frère.

— Tu veux résoudre ton problème ? Viens à la Coppa Estiva, la semaine prochaine. Gianni joue. Rapplique avec une jolie fille, il croira que tu n'es plus libre. Ça le rassurera. Et va le voir et parle-lui, l'air de rien.

Lazzero passa son planning en revue. Sa semaine était déjà chargée.

— Je ne vois pas comment je peux aller à Milan. Pas le temps. Pendant que tu fais le joli cœur avec tes conquêtes, il faut bien quelqu'un pour tenir la barre.

Santo blêmit.

— Parce que je *fais le joli cœur* ? Tu as idée du travail que ça me demande, de balader mes *conquêtes,* comme tu dis ? Ça s'appelle les relations publiques. À la fin de la journée, j'ai envie de me tirer une balle. Voilà la vérité.

Lazzero leva la main.

— OK, je retire ce que j'ai dit. Tu es génial, tu le sais.

La Coppa Estiva, match de football à but caritatif, joué dans un Milan fou de football, était sponsorisée par quelques-unes des marques les plus connues au monde, dont Supersonic et Fiammata. Les plus grands noms de l'industrie du sport jouaient, ainsi que les sponsors et les partenaires, un rassemblement cauchemardesque d'ego et d'exigences difficiles à gérer.

Parce qu'il avait un certain talent pour régenter ce genre de foire d'empoigne, Santo avait été nommé patron de l'événement pour la deuxième année consécutive.

Lazzero soupira et but une gorgée de bière. Santo avait raison, il fallait qu'il y aille. La Coppa Estiva était, à court terme, le seul événement où il aurait l'occasion de voir Gianni.

— Je vais m'arranger, dit-il. Mais je ne vois pas avec qui y aller.

— Dit l'homme au carnet d'adresses rempli des plus belles femmes de New York, répondit Santo, narquois.

Lazzero haussa les épaules.

— Je suis trop occupé pour avoir des aventures.

— Justement. Que dirais-tu d'une petite partie de jambes en l'air cet été ?

Santo passa en revue les femmes qui occupaient des places stratégiques dans la salle.

— Apparemment, elles sont très partantes. D'après Samara Jones, tu prends du bon temps jusqu'à la fin des mondanités dans les Hamptons et tu leur dis *arrivederci* après Labor Day. C'est rêvé, non ?

— Riche idée, dit Nico. Je suis pour. Surtout si ça te met de meilleure humeur.

La remarque ne fit pas rire Lazzero. L'idée de s'affubler d'une figurante encore moins. Mais si cela pouvait rassurer Gianni, le convaincre qu'il n'avait plus rien à craindre de lui, il le ferait. Mais uniquement pour les besoins de la cause.

En revanche, choisir dans le troupeau d'ambitieuses qui les pourchassaient, lui et Santo, pour finir dans les rubriques people de Samara Jones, ça, non !

Ce qu'il lui fallait c'était une personne discrète, en qui il puisse avoir confiance, une femme qui prendrait cela pour ce que c'était, un arrangement rétribué, et n'attendrait rien de plus de lui que ce qui serait convenu au départ.

Ça ne devait pas être trop difficile à trouver, si ?

*
* *

Les vendredis matin au Daily Grind, dans le Upper West Side, c'était le marathon non-stop. Les étudiants de la Columbia University toute proche, attirés par la frénésie de la ville, déboulaient, tout chiffonnés, avec l'énergie de moutons endormis, et se vautraient sur les canapés de cuir avec leur café, pendant que les citadins, des guerriers impeccables dans leur costume, s'arrêtaient en vitesse pour une dose de caféine avant leurs redoutables meetings du matin.

Aujourd'hui, même pour Chiara Ferrante, la barmaid hyper cool et toujours d'humeur égale, le vase débordait. C'était peut-être le beau gosse au costume chic et cher qui s'était installé au comptoir, une clé de Porsche au bout du doigt, un téléphone portable collé à l'oreille, qui avait réclamé un grand café décaféiné avec du lait de soja « 45 degrés, ni plus ni moins », qui l'avait exaspérée.

*Tu as besoin de ce boulot, Chiara. Maintenant plus que jamais. Alors, tu la boucles et tu bosses.*

Chiara prit une profonde respiration, indispensable pour rester zen, et servit avec une efficacité redoutable la brochette de clients qui attendait, donnant à la gravure de mode Guci un café au lait à 46 degrés, savourant ce petit acte de rébellion auquel elle n'avait su résister. Il y eut une pause, dont elle profita pour faire l'inventaire de l'étagère accrochée sur le mur derrière elle avant que la prochaine vague ne déferle.

— Ça va ? lui demanda Kat, barmaid comme elle et sa colocataire, en empilant les tasses à laver. Tu n'as pas l'air dans ton assiette, aujourd'hui.

Chiara ramassa les carafes vides et les mit dans l'évier.

— La banque a refusé le prêt à mon père. Sale matinée.

— Oh ! zut ! dit Kat, visiblement ennuyée. Je suis désolée. Je sais qu'il avait des difficultés dernièrement. Il a essayé d'autres banques ?

— C'était la dernière.

Chiara se mordilla la lèvre.

— Todd pourra peut-être me donner des heures supplémentaires.

— C'est ça ! Pour que tu restes sur le carreau ! Tu assures

déjà deux services depuis des mois. T'es pas raisonnable ! Tu vas t'écrouler, ma jolie.

Kat s'appuya contre le bar.

— Ce qu'il te faut, dit-elle, péremptoire, c'est un homme riche. Ça résoudrait tous tes problèmes. On n'arrête pas de te faire des propositions et tu les refuses toutes.

Parce que la seule fois où elle avait accepté, ça s'était mal terminé. Elle en était ressortie brisée.

— Les hommes riches ne m'intéressent pas, dit-elle catégoriquement. Ils arrivent dans leurs beaux costumes, bourrés aux as, sûrs de leur pouvoir, pensant que leur argent leur permet de faire tout ce qu'ils veulent. Je n'aime pas leur jeu, ils nous manipulent, nous les femmes.

Kat la regarda, amusée.

— Tu généralises, tu ne crois pas ?

Chiara croisa les bras sur la poitrine.

— Bonnie, Sivi et Tara sont sorties l'autre soir au Tempesta Di Fuoco, le café branché de Stefan Bianco à Chelsea. Elles étaient installées au bar quand des types d'une banque d'investissement ont commencé à les draguer. Bonnie était aux anges car un type, Phil, l'a invitée à dîner au Lido mais elle a dû partir parce qu'elle faisait l'ouverture ici le lendemain matin. Sivi et Tara, elles, sont restées.

Elle plissa les yeux.

— Tu sais quoi ? Phil a invité Sivi à la place.

— Quel porc, dit Kat en grimaçant. Mais il ne faut pas les mettre tous dans le même tonneau.

— Pas tous, non. Mais ceux-là, si. Le costume est peut-être différent, dit sentencieusement Chiara, mais dedans le bonhomme est toujours le même.

— Je ne suis pas sûr d'être d'accord, dit une voix grave derrière elles, les faisant frissonner. Il ne faut pas nous mettre tous dans le même sac que Phil.

Chiara se figea. Puis, tout doucement, se retourna. Un parfait prototype de mâle, grand et beau, s'appuyait négligemment au comptoir près de la sonnette en argent qu'elle aurait apprécié qu'il agite. Il arborait un de ces fameux costumes, un Tom Ford en l'occurrence, gris clair, une couleur parfaitement étudiée pour flatter son bronzage. Lazzero Di Fiore était le type même du prédateur, genre faucon, très séduisant et qui ne cherchait pas à s'en cacher. Côté cerveau, il ne laissait rien deviner… À en croire l'expression de son visage, impassible, il avait tout entendu de leur conversation.

— Je…, fit Chiara ne sachant trop que dire. Heu… Tu aurais dû sonner.

— Et rater tes commentaires sur la crème de la crème de Manhattan ?

Sa bouche s'étira en un sourire follement sensuel.

— Pour rien au monde ! Maintenant, est-ce abuser que de te demander un expresso pour nourrir mon ego hypertrophié ? J'ai un rapport à examiner avant une réunion importante, dans cinquante minutes.

Chiara s'éclaircit la gorge.

— Pas de problème, dit-elle, les joues en feu. Ce sera sur le compte de la maison.

*Sur le compte de la maison !* Mon Dieu !

Lazzero partant s'installer à une table, Chiara se détendit. Dire trois mots à Lazzero chaque matin quand elle lui servait son café, c'était une chose. Insulter les habitués et risquer de perdre son emploi, c'en était une autre.

Amusé plutôt qu'offensé par les commentaires de sa barmaid préférée, Lazzero prit une table près de la vitrine et sortit son rapport. Pour un cynique comme lui, constater que toutes les femmes de Manhattan n'étaient pas des chasseuses de primes prêtes à plumer les hommes était rafraîchissant.

C'était également intéressant de découvrir ce que Chiara cachait sous un dehors impénétrable. Il avait vu tellement d'hommes se casser le nez l'année précédente dans leurs efforts pour faire tomber les défenses de Chiara ! Mais tout prenait sens, désormais. Elle avait été méchamment blessée par un homme puissant et influent, et n'était pas prête à remettre les pieds dans ces pas-là.

Son histoire, conclut-il en feuilletant son rapport sur le marché de la mode italienne, n'allait pas l'aider. La stratégie qui consistait à mettre Gianni Casale dans sa poche pendant la Coppa Estiva avait du plomb dans l'aile. Le rapport de cinquante pages qu'il devait avaler avait sans doute plus de chance d'y parvenir. Quant à une femme à emmener à Milan pour apaiser la jalousie supposée de Gianni, pour l'instant il était bredouille.

La nuit précédente, il avait passé son répertoire en revue, mais aucune de ses ex-petites amies ne convenait. Elles croiraient toutes qu'il revenait à la charge. N'importe qui penserait la même chose. Comme il n'était pas partant pour quelque relation que ce fût, et surtout pas *pour la chose*, mieux valait envisager un plan B.

Chiara, qui arrivait avec le café, le sortit de ses pensées. Sourcils froncés, se mordillant les lèvres, elle semblait chercher quelque chose à dire. Mais, brusquement, elle dut se raviser et attrapa, nerveusement, une des tasses posées sur son plateau. Le café fumant pencha dangereusement. Lazzero leva la main pour récupérer la tasse avant qu'elle ne la renverse sur son élégant et coûteux costume. Ce faisant, il frôla sa main.

Une décharge ! Des doigts jusqu'au coude !

Électrisée, elle le fixa. Il soutint son regard. Vit ses yeux, de très beaux verts, s'assombrir.

Ce n'était pas nouveau. Cela faisait des semaines qu'ils jouaient au chat et à la souris, sans se l'avouer. Lui, parce qu'il avait ses habitudes et qu'il n'entendait pas en changer. Elle, apparemment, parce qu'il était le type même d'homme avec lequel elle ne voulait pas sortir.

Se mordillant sévèrement les lèvres — elle doit se faire mal, se dit-il —, elle battit des paupières, l'air gêné.

— Bon café ! murmura-t-elle, et elle s'éloigna.

Lazzero s'enfonça dans sa chaise, songeur. Troublé, même. Cela faisait longtemps qu'aucune femme ne lui avait inspiré ce genre d'émoi. Que ce soit Chiara, l'énigmatique, l'inaccessible Chiara, qui lui fasse cet effet avait de quoi faire rire.

Il la suivit du regard. Elle servait un café à un homme âgé, deux tables plus loin. Soixante-dix ans au moins, cheveux blancs et teint olivâtre, ridé, l'Italien flirtait scandaleusement avec elle, ce qui la faisait poliment sourire. Elle était adorable quand elle troquait sa moue boudeuse, ou simplement sa froideur, contre un sourire. C'était le genre de femme qui n'avait pas besoin de maquillage pour être belle, elle avait une peau magnifique et des yeux d'un vert étonnant. Sans parler de sa ligne, de ses courbes, très italiennes, qui tenaient le malheureux Claudio en haleine.

Elle parlait italien avec lui. Couramment.

Mais… oui ! Chiara était parfaite pour servir son projet. Intelligente, superbe et, de toute évidence, nullement intéressée par lui ou son argent. Néanmoins, il l'avait entendue, il fallait qu'elle aide son père.

Lui avait besoin d'une belle femme à son bras en Italie pour pouvoir, l'esprit tranquille, se concentrer totalement sur ses affaires. Une femme qui n'attende rien de lui, une fois sa mission terminée.

Pour le prix d'un beau bijou, ce qu'il faudrait sans doute qu'il débourse, il résoudrait leur problème à tous les deux.

Il porta la tasse à ses lèvres et recracha la gorgée qu'il venait d'avaler.

Alertée par le bruit, Chiara oublia Claudio et se tourna vers lui.

— Qu'est-ce qui se passe ?

— Le sucre ! Depuis quand est-ce que je prends du sucre ?

— Ah, c'est vrai ! Le sucre, c'est Claudio.

Elle se précipita pour reprendre la tasse.

— Désolée, Je suis distraite, ce matin.

Quelques instants plus tard, Chiara revenait avec une autre tasse.

— Assieds-toi, dit Lazzero, lui montrant la chaise en face de lui.

Elle le regarda, méfiante. Quelques instants plus tôt, après qu'il eut surpris sa conversation avec Kat, elle avait commencé à s'excuser et s'était arrêtée, estimant qu'elle n'avait fait que dire la vérité. Comme les autres, Lazzero Di Fiore était le pire ennemi des femmes. On ne comptait plus les cœurs qu'il avait brisés à Manhattan. Il fallait le fuir comme la peste, même si elle se sentait attirée par lui.

Son plateau toujours dans les mains, elle croisa les pieds.

— Je dois travailler.

— Cinq minutes, dit Lazzero. J'ai à te parler.

*Ah ?* Coup d'œil du côté du bar. Kat avait la situation bien en mains. Bêtement, Chiara posa son plateau sur la table de Lazzero et s'assit face à lui.

Le costume gris clair et la chemise blanche immaculée mettaient en valeur son teint, et son physique en général. Musclé et tonique, il était particulièrement beau, d'ailleurs toutes les femmes du café le dévisageaient. Bien décidée à ne pas le reluquer comme les autres, Chiara regarda ailleurs. Il but un peu de son expresso et reposa sa tasse.

— J'ai cru comprendre que ton père a des problèmes avec sa boulangerie ?

Elle plissa le front.

— Tu as entendu ça, aussi ?

Il pencha la tête.

— Tu m'as dit un jour qu'il faisait les meilleurs cannelés du Bronx. Qu'est-ce qui se passe ?

— C'est le loyer. Le quartier est en plein développement. Son propriétaire est devenu trop gourmand. Ça, plus des frais imprévus, il n'y arrive plus.

— Et les banques ?

— Elles ne veulent pas prêter. Mon père est trop âgé. C'est trop risqué. Et puis, on ne prête qu'aux riches !

Elle vit quelque chose passer dans son regard. Quelque chose d'indéchiffrable.

— Écoute, j'ai une proposition à te faire. Un marché.

Il se redressa et posa sa tasse sur sa cuisse.

— Je dois assister à la Coppa Estiva, à Milan, la semaine prochaine.

Il haussa les sourcils.

— Tu en as entendu parler ?

— Évidemment.

— Bien. Gianni Casale, le P-DG de Fiammata, une entreprise italienne de chaussures de sport avec laquelle je suis en train de conclure un accord y sera, avec mon ex, Carolina. Ils sont mariés, mais Gianni est très possessif, pour ne pas dire jaloux. Et je crains d'avoir du mal à finaliser notre accord car il mélange sa vie privée et les affaires.

— Mais… Tu la vois toujours ?

La question lui avait échappé. Trop tard pour la retenir.

— Non.

Il la foudroya du regard.

— Je ne suis pas Phil. Et j'avais définitivement rompu avec Carolina quand elle a rencontré Gianni. Il n'empêche, pour aplanir les difficultés, il vaudrait mieux que je vienne accompagné. Cela rassurerait Gianni. Il verrait qu'il n'a plus rien à craindre de moi.

Elle ne put cacher son étonnement.

— Tu es en train de me proposer d'aller en Italie avec toi et que je joue ta petite amie ?

— Oui. Contre rétribution, bien sûr. Cela te permettrait d'aider ton père.

Interdite, elle s'interrogea. Pourquoi elle ?

— Un homme comme toi a sûrement plein de femmes à sa disposition qui seraient trop heureuses de t'accompagner en Italie.

Il hocha la tête.

— Je ne veux pas emmener une amie. Elle se ferait des idées. Non, je veux quelqu'un de discret, d'aimable avec mes associés, et qui voit ma proposition comme un arrangement et rien de plus. Chacun de nous y trouverait son compte.

Une remontée de bile la fit grimacer. Son ex, Antonio, lui avait fait ce même genre de proposition sauf que, avec Antonio, elle avait été assez folle pour partager son lit. Mais elle n'avait pas du sang bleu, il ne pouvait donc pas l'exhiber n'importe où.

Son estomac se retourna. Jamais plus elle ne fréquenterait ce monde-là. On ne pardonnait jamais d'avoir été humilié. Elle était déplacée dans ce milieu, elle devait le reconnaître. On ne s'était d'ailleurs pas privé de le lui dire. Non, pour tout l'or du monde, elle ne fraierait plus avec ces gens-là. Sauf contrainte et forcée.

— Je ne suis pas la personne qu'il te faut, dit-elle. Surtout après ce que j'ai dit tout à l'heure.

— Détrompe-toi. Tu es justement le bon choix. Les chroniques de Samara Jones, c'est du flan. J'ai besoin de quelqu'un en qui je peux avoir confiance, qui n'a pas d'arrière-pensée. Quelqu'un qui ne va pas m'ennuyer avec des histoires de baby-sitting pendant que je négocie un contrat de plusieurs millions de dollars. Je veux juste être sûr que la personne remplira son rôle jusqu'au bout.

Elle agita la main devant elle.

— C'est non. D'autant qu'on ne se connaît même pas. Enfin, à peine. C'est ridicule.

— Tu me connais depuis plus d'un an. Nous nous parlons tous les jours.

— Oui, dit-elle. Je te demande « Comment vont les affaires », « Quel temps fait-il là-bas », « Qu'as-tu pensé du débat présidentiel »… On bavarde trois minutes, je te fais ton expresso et c'est fini.

Il ne chercha pas à argumenter plus longtemps et lui sourit.

— Alors dînons ensemble. Je suis sûr que nous pourrons aborder des sujets de fond devant un bon verre de vin.

Elle se tut. Il était déconcertant, dans son costume trois-pièces de grand couturier. Elle savait trop bien ce qu'il adviendrait une fois sa veste enlevée, quand, sa cravate desserrée, il se pencherait vers la femme qu'il avait entrepris d'embarquer dans son aventure. Elle connaissait le scénario par cœur et ne commettrait pas deux fois la même erreur.

— C'est impossible, dit-elle. Je suis de service, la semaine prochaine. Je ne peux pas me permettre de rater des heures.

— Échange-les.

— Non, dit-elle fermement. Et puis je ne suis pas de ce monde-là, Lazzero. Je détonnerais. Sans compter que je ne serais pas crédible comme ta petite amie.

— Je ne suis pas d'accord, dit-il dans un murmure en fixant son café. Tu es magnifique, intelligente. Tu es à l'aise avec les gens. Avec la robe qu'il faut et un peu de… clinquant, tu seras époustouflante.

Du clinquant ? À ce mot, une blessure qui n'avait jamais cicatrisé se réveilla.

— Un diamant sur du fumier, c'est ce que tu veux dire ?

Il plissa le front

— Je n'ai pas dit ça, dit-il, sincèrement pris de court.

— Peut-être mais tu le pensais.

— Tu sais très bien ce que je veux dire, Chiara. Je te faisais un compliment et voilà comment tu le prends. La Coppa Estiva, c'est tout à fait autre chose.

Elle leva le poing.

— Écoute, ta proposition ne m'intéresse pas. Vos petits jeux…

— Ce que je t'ai entendu dire, l'interrompit-il, n'est qu'une suite de lieux communs sur certains hommes pleins d'argent.

— Non, ce ne sont pas des généralités. Tu as besoin de quelqu'un pour aller en Italie avec toi parce que tu as fait des dégâts autour de toi, Lazzero. Parce que Gianni Casale ne te fait pas confiance avec sa femme. Je ne veux pas être complice de ce genre de comportement.

— Des dégâts ? Arrête de lire les torchons qui racontent n'importe quoi.

— Ce n'est pas vrai. Tu es typiquement le genre d'homme avec qui je ne veux rien avoir à faire.

— Je ne te demande pas de sortir avec moi. Je te propose d'oublier tes préjugés envers un homme dont le seul tort est d'avoir un solide compte en banque, ce qui te permettrait de régler tes ennuis financiers. Ça peut marcher, il suffit d'un peu de bonne volonté.

— Non. Trouve quelqu'un d'autre. Je suis sûre qu'une des autres employées sautera sur l'occasion.

— C'est toi que je veux.

Il annonça une somme d'argent qui lui fit écarquiller les yeux.

— Ça aiderait ton père.

Chiara sentit sa tête tourner. Cette somme paierait le loyer de son père pour le reste de l'année et financerait les fameux frais imprévus. Mais ce que proposait Lazzero était complètement fou. Elle ne pouvait pas accepter cela. Elle aurait honte d'elle. Et ce monde la dégoûtait.

Elle se leva.

— Je dois retourner travailler.

Lazzero sortit une carte de son portefeuille, griffonna quelque chose au dos et la lui donna.

— Mon numéro de portable si tu changes d'avis.

# 2.

Chiara quitta son service avec la tête qui lui tournait encore. C'était l'été. La soirée était belle, mais elle était trop perturbée pour profiter de l'effervescence de New York, et trop inquiète pour son père.

S'il n'arrivait pas à payer l'équipement nouvellement acquis, il allait perdre sa boulangerie, la seule chose qui le raccrochait à la vie depuis la mort de sa femme — *ma mère*. Elle ne pouvait pas permettre que cette catastrophe arrive. Si la proposition de Lazzero tenait toujours, elle méritait peut-être d'être reconsidérée. Mais rien que d'y penser…

Hochant la tête, elle entra dans une supérette pour faire quelques courses. En sortant, elle n'avait pas les idées plus claires.

Elle monta ses trois étages vers le petit appartement qu'elle partageait avec Kat dans le quartier de Spanish Harlem. Elles avaient fait de leur mieux pour le rendre douillet en ajoutant des souvenirs à elles, des bibelots qu'elles aimaient et des monceaux de coussins de toutes les couleurs. Ce n'était pas grand-chose, mais Chiara s'y sentait chez elle.

Kat la rejoignit dans la cuisine pas plus grande qu'une boîte à chaussures, où elle rangeait ses courses. Kat, qui avait un bon réseau d'amis et de connaissances, se préparait à sortir avec son nouveau petit ami pour voir la pièce la plus populaire du moment.

— Alors, raconte. Qu'est-ce qui s'est vraiment passé avec Lazzero Di Fiore, aujourd'hui ? Et ne m'envoie pas balader comme tout à l'heure.

— Ce ne sont pas des études de médecine que tu devrais faire, mais entrer dans la police !

Elles éclatèrent de rire.

— Alors ? Tu ne veux rien me dire ?

— Si, mais tu me jures de ne rien dire à personne.

— À qui veux-tu que j'en parle ?

Chiara raconta à son amie sa conversation avec Lazzero.

— Ça ne m'étonne pas, dit Kat, les yeux quand même écarquillés de surprise. Il a toujours eu le béguin pour toi.

Chiara coupa aussitôt court.

— Je te dis que c'est un arrangement financier. Il a été clair là-dessus.

— Et tu as dit non ? T'es folle, ou quoi ?

Kat agita les mains devant elle.

— Ça va régler vos problèmes financiers, Chiara. Pour une semaine en Italie ! La Coppa Estiva, c'est l'événement de la saison. Je connais plein de femmes qui donneraient un bras pour être à ta place. Sans parler du fait que Lazzero Di Fiore est le plus sexy des mecs ! Qu'est-ce qu'il te faut de plus ?

Chiara se renfrogna. Kat ignorait son histoire avec Antonio, et la raison pour laquelle Milan était le dernier endroit où elle voulait aller. Ce n'était pas une chose dont on parlait comme ça, en passant, au milieu d'une conversation avec une nouvelle colocataire, même si Kat et elle s'entendaient à merveille.

Elle fit la moue.

— J'ai mon boulot au café. J'ai besoin de travailler.

— Tout le monde cherche à faire des heures supplémentaires en ce moment. Quelqu'un te remplacera.

Plantant les mains sur les hanches, Kat insista.

— Quand as-tu pris des vacances pour la dernière fois ? Tu t'ennuies dans la vie, Chiara. Tu m'entends ? Tu t'ennuies. Tu as vingt-six ans, on dirait que tu en as soixante-dix. Et encore ! À soixante-dix ans, les mamies sont plus fun que toi.

Elle sentit qu'elle rougissait. Kat avait raison, sa vie était d'un ennui… !

Le carillon du rez-de-chaussée la sauva de l'interrogatoire de son amie.

— C'est pour moi, dit Kat en se sauvant, laissant une traînée de parfum derrière elle.

Dans l'espoir de faire chuter la température, Chiara poussa la climatisation, et se fit à dîner. Son repas prêt, elle commença à manger en dessinant une femme qu'elle avait vue au café dans la journée, dans une robe pas mal mais à laquelle il manquait une petite touche moderne. Épuisée par la chaleur étouffante que la clim n'améliorait pas, irritée par le bruit de la télévision de l'appartement d'en dessous qui l'empêchait de se concentrer, elle repoussa, dépitée, crayon et carnet de croquis.

De toute façon, ça ne servait à rien. Elle n'aurait jamais ni le temps ni l'argent pour poursuivre une carrière dans le design. Les cours qu'elle avait pris à la Parsons School of Design, la fameuse école d'art et de design de New York, avaient été une perte de temps et d'argent. Ce qu'elle faisait là ne faisait que la démoraliser davantage. Quoi de plus déprimant que se rendre compte qu'on ne réalisera jamais son rêve ?

Sa tasse de thé à la main, elle essaya de combattre le sentiment de solitude qui l'étreignait, les soirs comme celui-ci. Elle repensait alors à sa mère et à la tisane qu'elles buvaient toutes les deux après la fermeture de la boulangerie. Elle avait adoré ces moments-là. Couturière de métier, sa maman maniait l'aiguille comme une artiste. Elles parlaient tout en cousant, de tout et de rien. Des devoirs de Chiara, du garçon impossible qu'elle avait dans sa classe, du dernier dessin qu'elle avait fait au dos de son carnet. Jusqu'à ce que la vie qu'elle connaissait jusque-là ne s'arrête pour toujours, un vendredi soir — elle avait quinze ans —, quand sa mère lui avait dit de s'asseoir pour lui parler — ni de garçons ni de vêtements, mais du cancer du sein qu'on venait de lui découvrir. L'automne suivant, c'était fini. Sa mère était partie. Il n'y avait plus eu ni tisanes, ni confidences, ni secrets, seulement un monde immense, effrayant, dans lequel son père éperdu de chagrin avait peu à peu sombré.

Noyée dans son mal-être, elle alla à la fenêtre et regarda les graffitis qui animaient les murs des immeubles de l'autre côté de la rue. Elle réussissait d'ordinaire à maîtriser sa tristesse mais, ce soir, à la pensée de Kat qui devait s'amuser comme une folle quand elle, elle s'ennuyait mortellement, elle tapa de rage sur le rebord de la fenêtre.

Lorsqu'elle avait rencontré Antonio, elle avait eu un aperçu de ce genre de vie. De ses plaisirs et de sa frivolité. Tout avait commencé lors d'une soirée à laquelle elle avait été invitée par une amie, barmaid comme elle dans un café, qui naviguait dans ces cercles. Tout ce que Chelsea comptait de plus huppé et fortuné s'y pressait. Antonio Fabrizio venait d'être nommé vice-président de la prestigieuse société d'investissement familiale. Il était superbe et mondain, et avait décidé qu'il *l'aurait* dès l'instant où il l'avait aperçue. Elle avait tout de suite été séduite par le glamour de son monde et les promesses alléchantes qu'il lui avait faites. Par l'autorité qu'il semblait exercer sur tout ce qui l'entourait et par ce qu'elle avait éprouvé, grâce à lui, pour la première fois depuis que sa mère était partie. Mais, bientôt, elle avait compris qu'elle n'était qu'une diversion. Qu'une femme qu'Antonio était sur le point d'épouser l'attendait à Milan. Qu'elle n'avait été que son joujou américain, sa dernière passade avant son mariage.

Quand elle l'avait appris, Antonio avait essayé de l'amadouer en lui disant qu'il faisait un mariage de convenance, une alliance utile pour les affaires des Fabrizio. Que c'était elle qu'il aimait. Il avait même insisté : « Rien ne changera. » Il allait l'installer dans un appartement et elle deviendrait sa maîtresse.

Chiara l'avait renvoyé dans ses buts et lui avait jeté les clés de son loft à la figure, choquée qu'il ait pu penser, ne fût-ce qu'une seconde, qu'elle accepterait son arrangement. Antonio, bouffi de suffisance, avait très mal pris d'être éconduit. Depuis — cela faisait six mois désormais — il l'avait poursuivie de ses assiduités, lui faisant porter des fleurs, lui offrant des bijoux, des places à l'opéra, toutes choses qu'elle lui avait retournées avec ordre de la laisser tranquille, ce qu'il avait fini par faire.

Debout à la fenêtre, un goût amer dans la bouche, elle regardait le jour baisser. Depuis son aventure avec lui, elle avait changé. Il l'avait changée. Elle était devenue plus dure, plus circonspecte. On ne pouvait pas lui reprocher ce qui était arrivé. Seul Antonio pouvait se le reprocher. Elle n'avait donc aucune raison de se sentir gênée si elle le croisait.

Tout compte fait, si ce dont Lazzero lui avait parlé était une offre honnête, pourquoi ne pas la tourner à son avantage ? Pourquoi ne pas utiliser ce monde qui avait profité d'elle ? Jouer les amoureuses au bras de Lazzero, à Milan, pendant quelques jours, si cela devait lui permettre de sauver la boulangerie de son père, elle n'en mourrait pas. Et si elle tombait nez à nez avec Antonio à la Coppa Estiva, ce qui était une possibilité, où serait le problème ? C'était fou de le laisser avoir encore un tel pouvoir sur elle.

Elle s'endormit sur le canapé, téléviseur allumé, et se réveilla à 2 heures du matin au retour de Kat. Un peu éméchée, celle-ci l'envoya se coucher. Au petit matin, quand Chiara se réveilla pour aller travailler, sa décision était prise.

Quand Lazzero arriva au Di Fiore pour discuter avec Santo de la Coppa Estiva et de leur plan pour approcher Gianni Casale, les « chercheuses d'or » avaient, Dieu merci, quitté le café. On était samedi. Chiara lui avait téléphoné dans l'après-midi pour accepter son offre. Quelle surprise ! Qu'est-ce qui avait bien pu la décider ? Curieux de le savoir, il lui avait proposé de venir prendre un verre ici, après sa séance de travail avec Santo.

Debout au bar, à une place stratégique qui leur permettait d'avoir un œil sur la porte, Santo et lui avaient concocté plusieurs plans d'attaque, avec des arguments imparables si ce maudit Italien venait avec des objections qu'il faudrait abattre. Satisfait que leur projet soit bien sanglé, Lazzero s'était détendu et avait avalé sa bière,

— Boulot ou plaisir, ce soir ? dit-il en regardant le costume sombre de son frère.

— Damion Howard et son agent passent chercher leurs billets pour la semaine prochaine.

— Pas de belle blonde, alors ?

— Non, trop de travail, dit Santo en soupirant. Cet événement est un monstre. Il faut que je sois partout.

Lazzero observa son frère et ses traits tirés.

— Laisse donc Dez gérer les athlètes. Ça te soulagera.

— C'est toi qui dis ça ?!

Lazzero haussa les épaules. Lui-même accro au travail, il savait quels démons le poussaient à s'investir autant dans son activité professionnelle. Son père, avec ses exigences, en faisait partie. Pour lui, aucun succès n'était suffisant.

— Au fait, Nico t'a parlé de sa conversation avec Carolina ?

Lazzero acquiesça de la tête. Carolina Casale, architecte d'intérieur, coordonnait la soirée de clôture de la Coppa Estiva, mission qui, compte tenu de ses compétences, lui allait comme un gant. Nico, qui avait négocié avec Chloé de se libérer de l'organisation de leur mariage pour pouvoir assister à la soirée avec un client, l'avait appelée pour obtenir deux billets supplémentaires pour un couple de VIP. Résultat, il s'était retrouvé à consoler une Carolina éplorée qui avait passé toute la conversation à lui raconter ses malheurs. Elle n'était pas du tout heureuse en ménage et voulait des nouvelles de Lazzero.

Il serra le pied de son verre. Non, non et non, il ne voulait plus de scène. Ce n'était pas sa faute si Carolina avait épousé un homme qui avait l'âge d'être son père.

— Il nous faut un milieu de terrain, dit Santo. Gianni pourrait prendre cette place.

Lazzero allait protester quand il vit le regard de son frère braqué sur la porte.

— Voilà quelqu'un qui va me faire oublier les projets que j'avais pour ce soir, dit Santo.

Lazzero fit un quart de tour sur son tabouret et, comme son frère, resta interdit devant la beauté qui entrait. Mince, un jean noir glissé dans ses bottes, une grande blouse qui lui arrivait à mi-cuisses, les cheveux lâchés dans le dos, elle en imposait.

Ce n'était pas la tenue la plus suggestive qu'il ait jamais vue mais, avec ses belles courbes, si féminines, Chiara était époustouflante.

Il se dégageait d'elle, outre un charme fou, une sensualité discrète mais… efficace qui lui donna un sérieux coup de fouet, et le mit en colère. Elle l'avait taxé de don Juan, bon sang ! D'homme à femmes ! De séducteur égoïste et impénitent. Elle lui avait dit qu'il était exactement le type d'homme avec lequel elle ne s'engagerait jamais. Mieux valait qu'il garde bien présent à l'esprit que l'arrangement qu'ils avaient conclu tous les deux était d'ordre strictement professionnel.

Chiara s'avançait dans la salle en scannant les clients quand elle l'aperçut, assis au bar. Santo, qui la suivait des yeux, se tourna vers lui.

— C'est avec elle que tu as rendez-vous ?

— Oui, c'est elle que j'emmène en Italie, dit-il en glissant de son siège.

— Qui est-ce ? J'ai l'impression de la connaître.

— Elle s'appelle Chiara et ce n'est pas une fille pour toi.

— Ce qui veut dire qu'elle est beaucoup trop bien pour toi aussi, décréta Santo.

Lazzero ne répondit pas et alla au-devant de Chiara. Se voulant amical, il l'embrassa sur les deux joues. Un parfum voluptueux, fleur d'oranger et musc, l'assaillit aussitôt. Il lui allait magnifiquement.

— Désolée, je suis en retard, dit-elle en reculant d'un pas. La fille qui était censée me remplacer était malade. Il a fallu que j'attende que le sous-chef arrive.

— Pas de problème. Je prenais une bière avec mon frère.

Il la dirigea vers Santo, mais les gens avec qui ce dernier avait rendez-vous arrivaient. Chiara pencha la tête.

— Tu ne nous présentes pas ?

— Non. Pas maintenant.

— Parce que je travaille dans un café ?

Il nota que ses yeux verts brillaient anormalement. De colère ?

— Parce que mon frère pose trop de questions, dit-il platement. Sans compter que nous n'avons pas mis notre scénario au point.

La colère qu'il avait cru lire dans ses yeux se dissipa.

Il la poussa doucement vers *la* table.

— Pour info, Santo et moi avons créé Supersonic à partir de rien. Nous n'avions rien. Pas un sou. Alors je ne porte aucun jugement de valeur sur ce que tu fais.

Elle battit des cils.

— Est-ce vrai ce que dit Samara Jones sur ton frère et toi ? Que vous dirigez vos affaires d'ici ?

— C'est la légende qui court, dit-il en riant. Ce qui est vrai, c'est que l'idée de notre affaire nous est venue quand nous étions étudiants à Columbia. Nous étions assis à cette table, que nous avons gardée en souvenir quand nous avons racheté le café il y a quelques années.

Il fronça les sourcils.

— Tu ne veux pas t'asseoir ?

— Si, j'ai besoin d'en savoir plus si tu veux que notre histoire soit crédible.

Il baissa la main qu'il avait posée sur son dos pour la guider vers leur table.

— À propos, pourquoi as-tu accepté ?

— Pour mon père. Il a besoin d'argent. Je ne pouvais pas dire non.

Voilà qui était direct. Ça lui plaisait. Il la sentait capable de jouer le rôle qu'il lui demandait, sans fausse note.

Il tira une chaise et la fit asseoir, avant de s'installer en face d'elle.

— Alors ? C'est ça, la fameuse table ?

— Oui, elle est toute rayée, d'ailleurs.

En allongeant les jambes, il heurta celles de Chiara — mince, elles étaient très longues ! Il s'arrangea pour lui faire de la place, mais elle les avait déjà écartées, comme sous l'effet d'une brûlure. C'était le genre de détail que, sous peine de se trahir, ils allaient devoir régler.

— Qui a fait ça ? demanda-t-elle, passant un doigt sur une marque creusée dans le plateau en acajou de la table.

— Moi. Ça nous a valu de nous faire quasiment virer du bar ce soir-là. Et pour de bon. Mais on s'en fichait, on tenait notre idée.

L'air étonné, elle s'appuya au dossier de sa chaise.

— Si vous êtes partis de rien, comment avez-vous fait ?

— Santo et moi avons décroché une bourse pour intégrer l'équipe sportive de l'université. On connaissait beaucoup de monde dans ce milieu, on savait ce que les athlètes demandaient à un produit. Supersonic est devenu la ligne d'articles « par les athlètes, pour les athlètes ». Ensuite, un business plan bien ficelé, et notre grand-père a investi. Il a été notre premier investisseur. Et puis ça s'est enchaîné. Des sportifs qu'on avait connus au lycée et en fac ont fait le reste.

Impressionnée, elle lui sourit.

— Et vous dirigez aujourd'hui l'une des entreprises la mieux cotée. Fascinant.

— Avec des hauts et des bas en cours de route, précisa-t-il. Les concurrents sont nombreux. Mais nous avions une vision et ça a marché.

— Santo aussi sera à Milan ?

— C'est le patron de l'événement. Il va devoir dorloter nos relations. Quand il ne sera pas en train de chouchouter ses poupées, fit-il, railleur.

— Une spécialité de la famille, dit-elle en ricanant.

Il la regarda froidement.

— Tu serais étonnée du nombre de filles avec qui je suis sorti, contrairement à ce qu'on raconte dans la presse people. Faire accéder une société au *top ten* des entreprises les plus performantes au monde prend beaucoup de temps.

— Si je comprends bien, tu es un enfant de chœur.

— C'est peut-être aller un peu loin, répondit-il d'un ton d'autodérision.

Une barmaid approcha pour prendre la commande.

Voyant les regards qu'elle coulait à Lazzero, Chiara rit. Lazzero était effectivement très attirant. Côté séduction, peu d'hommes lui arrivaient à la cheville. Jean noir, T-shirt bleu marine, et un sourire dévastateur qui adoucissait un visage un peu dur malgré une bouche gourmande incroyablement sensuelle. En bref, il était d'une beauté à couper le souffle. Mais ce n'était rien à côté de son regard noir, intense, qui semblait disséquer ceux qu'il dévisageait.

C'était sûrement ce que ressentait la serveuse qui se trouvait près de lui en cet instant. Vêtue d'un T-shirt gris siglé « Di Fiore » et d'un pantalon noir moulant, elle était plutôt sexy. Elle fit à Lazzero un sourire à embraser tous les arbres de Josué du désert de Mojave, avant d'énumérer les spécialités du jour. Sans même demander à Chiara ce qu'elle désirait, il commanda du vin italien, de l'eau gazeuse et des *zakouski* à grignoter.

Puis la serveuse disparut, et Chiara fixa Lazzero.

— Tu es toujours aussi… dominateur ? Disons, directif ?

— Oui. En général les femmes apprécient. Elles se sentent protégées, plus féminines. Elles n'ont plus besoin de penser… Elles n'ont qu'à s'asseoir et… profiter.

Ce genre de discours n'était pas pour elle. Agacée, elle se braqua.

— Je ne suis pas « les femmes en général ». Et j'aime bien penser. Et réfléchir. Et décider par moi-même.

— C'est bien l'impression que j'ai, dit-il sèchement.

— Ça ne serait pas pour cela que ta relation avec Carolina Casale s'est mal terminée ?

Il haussa les épaules.

— Elle connaissait les règles.

— Qui sont ?

— Que ça dure aussi longtemps que j'y trouve de l'intérêt.

Elle resta interdite. Sa suffisance était glaçante. Carolina avait dû penser qu'elle saurait entretenir la flamme dans leur couple. Parce qu'elle se croyait différente. La même erreur qu'elle.

— Elle a épousé Gianni par dépit, j'imagine.

— Peut-être.

D'emblée, elle éprouva de la sympathie pour cette Carolina Casale.

Elle connaissait la cruauté des espoirs déçus. Antonio s'était marié quelques mois après leur rupture. Lazzero et lui étaient du même tonneau. Pour eux, le mariage n'était pas une affaire de sentiments, mais une affaire tout court. Ils utilisaient les gens pour atteindre leurs buts sans se soucier des conséquences. Peu leur importait que quelqu'un souffre dans l'aventure.

La serveuse était revenue et leur servait le vin. Quand elle s'éloigna, Chiara remit le sujet du travail sur le tapis.

— Si on parlait des détails ?

Lazzero, son verre à la main, se cala dans sa chaise.

— Bien. La Coppa Estiva dure six jours. Cela commence mercredi par une grande soirée. Vient ensuite le tournoi, qui dure jusqu'à samedi, où a lieu le dernier match, suivi de la soirée de clôture. Nous quitterons New York mardi par un vol de nuit. Atterrissage à Milan huit heures plus tard.

Elle commença à paniquer. Dans quelle galère s'était-elle fourrée ?

— C'est bien, dit-elle. J'ai trouvé quelqu'un pour me remplacer. Elle cherchait à faire des heures supplémentaires.

— Tu es déjà allée à Milan ?

Elle hocha la tête.

— J'ai de la famille là-bas mais je n'y suis jamais allée.

— On descendra dans le cinq-étoiles de mon ami Giordano.

Nouvel accès de panique. Puisqu'ils étaient censés former un couple, ils allaient devoir partager une chambre. Une pensée en amenant une autre, elle lui demanda comment il comptait gérer ça.

— Normalement. Comme avec une vraie petite amie, dès que nous serons en public. Je ne te demande pas de te suspendre à mon cou en permanence mais, si la situation le demande, il faudra que tu le fasses.

Et qu'elle l'embrasse, aussi ?

Son regard tomba sur sa bouche, sur ses lèvres pleines qui, en vérité, appelaient le baiser. Comment ferait-elle si elle devait l'embrasser ? Elle essaya d'imaginer. Avec une bouche pareille, ce serait sans doute un baiser inoubliable. Cette perspective la fit frissonner, ce qu'elle se reprocha aussitôt.

— Au fait, dit-elle, tu as raison. Je n'ai rien à me mettre pour ce genre d'événement. Je pourrais me faire une robe mais je n'ai pas le temps.

Il agita une main devant elle.

— C'est compris dans le marché. On utilise une styliste pour nos photos commerciales. Micaela a proposé de te prendre en main lundi.

— Mais… Je n'ai pas besoin de styliste, dit-elle, se rebiffant.

— Tu préfères mon assistante ?

Elle ne voulait ni l'une ni l'autre. Mais peut-être valait-il mieux qu'elle se montre conciliante.

— OK pour la styliste.

— *Bene*. Maintenant, qu'allons-nous raconter ? Pourquoi pas tout simplement la vérité ? Que nous nous sommes connus dans un café…

— Et que tu n'as pas pu résister à mes expressos.

Son esprit le fit rire.

— Sauf que je ne sais toujours pas ce qui se cache derrière ces beaux yeux verts, dans ce cerveau à l'intelligence aiguisée… Bref, je ne sais pas qui est Chiara Ferrante.

— Il n'y a rien à savoir, répondit-elle sèchement.

— Ah, j'aurais parié que si, dit-il de l'air sournois d'un gros matou.

— Tu aurais perdu… Et depuis quand sortons-nous ensemble ?

— Disons deux mois. Deux mois d'un tel bonheur que je t'ai passé une bague de fiançailles au doigt. En plus, ce sera clair pour Carolina. Elle comprendra que c'est fichu pour elle.

— Pourquoi ? Elle espérait que ça reprenne ?

— Son ménage prend l'eau. Elle n'est pas heureuse. Gianni sent qu'elle lui échappe.

— Les pauvres ! Si tu disais tout simplement à Gianni qu'il n'a rien à craindre ? Que tu as un cœur de pierre ?

Il plongea la main dans sa poche et en sortit une petite boîte. Un écrin. Qu'il ouvrit. À l'intérieur, une bague brillait.

— Je pense que ça, ce sera plus efficace. Ça te ressemble. Qu'en penses-tu ?

Elle resta bouche bée devant l'énorme caillou qu'il lui montrait. Un diamant taillé en brillant et serti dans un anneau en platine. Un bijou magnifique. Elle n'en avait jamais vu d'aussi beau.

— Lazzero, non, je ne suis pas d'accord. Je n'ai pas signé pour ça. C'est fou.

— Fais comme si c'était vrai. Je veux dire comme si je t'avais vraiment demandée en mariage. C'est tout.

Il prit sa main gauche et glissa le diamant sur son annulaire. Elle sentait son cœur battre. La bague semblait faite pour elle, elle était exactement à la taille de son doigt. Et puis, Lazzero avait une main tellement douce, tellement chaude… Elle était troublée. Il ne fallait surtout pas qu'il s'en rende compte, c'était trop bête. Mais elle n'y pouvait rien, si son cœur cognait comme ça. *Mince ! Mince ! Mince !* Il fallait qu'elle regarde ailleurs, qu'elle trouve quelque chose à dire. Elle dégagea sa main.

— Tu ne veux quand même pas que je porte ça ? Imagine que je la pose quelque part et que je la perde.

— Elle est assurée. Tu n'as pas à t'en faire.

— Combien elle vaut ?

— Deux millions de dollars.

Elle la retira et la posa devant lui.

— Non. Je n'en veux pas. Trouve-moi autre chose de moins cher.

— Sûrement pas. Carolina a l'œil. Elle verrait que c'est du toc.

— Et Gianni ? Quand il se rendra compte que c'était du cinéma, que…

— On se fiche de ce qu'il pensera, fit-il. On aura absorbé sa société.

Il reprit sa main et, de nouveau, lui passa la bague.

— Ça va m'empêcher de dormir, dit Chiara dans un murmure en admirant le bijou.

Jouer aussi effrontément à la future Mme Lazzero Di Fiore lui semblait honteux. Et fou. Il fallait qu'elle ait perdu la tête pour avoir accepté un stratagème pareil.

Il valait mieux qu'elle arrête tout de suite. Il fallait qu'elle soit raisonnable. Tout en mettant au point, avec Lazzero, les derniers détails de leur expédition, elle réfléchissait à la façon de lui dire non. Mais les mots ne venaient pas. Parce que sauver l'affaire de son père l'emportait sur tout. Se sortir de l'ennui qui la démolissait, aussi.

# 3.

Chiara ne dormit effectivement pas de la nuit. Elle traîna une partie de la matinée suivante, une grande tasse de café à la main, puis s'attabla pour remplir la demande de passeport que Lazzero ferait partir au plus vite.

Le diamant qu'elle avait au doigt brillait dans le soleil de ce dimanche matin, lui rappelant la folie qu'elle avait faite la veille en signant. Les nerfs à fleur de peau et la caféine aidant, son cœur battait très fort. Jouer la petite amie de Lazzero était une chose. Jouer sa fiancée, une autre. La *plaisanterie* commençait à l'angoisser.

Heureusement, pensée rassurante, dans six jours elle serait allée et revenue d'Italie. Pas besoin de s'affoler, ni que tout le monde soit au courant, excepté son père puisqu'elle ne pourrait pas l'aider à la boulangerie le week-end, ni passer voir si tout allait bien, comme elle le faisait tous les soirs. Ce détail l'ennuyait beaucoup.

Un œil sur son téléphone portable, se mordillant les lèvres, elle réfléchit. Elle ne pouvait pas raconter toute l'histoire à son père. Il n'approuverait pas et, orgueilleux comme un pou, refuserait l'argent. Lazzero, qui décidément ne comptait pas ses sous, avait suggéré de faire une donation pour la boulangerie par le biais d'une fondation, soutenue par Supersonic, dont le but était de venir en aide aux petites entreprises locales en difficulté.

Cela réglait la question de l'argent, mais pas le petit mensonge qu'elle allait devoir faire avaler à son père pour expliquer son voyage en Italie. Son père avait toujours prêché la franchise, envers soi et envers les autres. « Ça t'aidera dans la vie », répétait-il. Dans le cas présent, la fin justifiait les moyens.

Après hésitation, elle prit son portable et raconta à son père qu'elle partait en Italie avec des amies, dans une maison qu'on leur prêtait, sur le lac de Côme. Son mobile raccroché, elle se sentit honteuse. Soucieuse que tout aille bien pour son père pendant son absence, elle appela son vieil ami, Frankie DeLucca, qui habitait un peu plus bas dans la rue, et lui demanda d'aller jeter un coup d'œil chez lui de temps en temps.

Le lendemain matin, elle rejoignit en traînant des pieds le chauffeur de Lazzero, Gareth, qui devait la déposer dans la très élégante Madison Avenue pour l'opération shopping. Avant même de pousser la porte de la boutique haute couture où elle avait rendez-vous avec Micaela Parker, la styliste, elle était déjà intimidée. Dans la vitrine, des étiquettes, discrètes, portaient au moins des chiffres correspondant tous à *un mois de son salaire*.

Micaela l'attendait dans le luxueux salon de la boutique. Élégante blonde aux jambes fuselées, elle était plus intéressante que belle. Mais elle était parfaite en jean, T-shirt en soie et blazer, bijoux funky aux poignets et autour du cou. Chiara se sentit entre de bonnes mains. Micaela n'était-elle pas la coach en habillement d'un quart des célébrités de Manhattan ?

— Parlez-moi de votre style, dit Micaela, une tasse de café à la main.

Chiara lui montra sur son téléphone les quelques éléments de sa garde-robe qu'elle avait photographiés.

— Pas mal, dit Micaela. Cela doit bien vous aller.

Ravie du compliment, Chiara se rengorgea.

— Oui mais, dit-elle aussitôt, je suis trop ronde.

— Absolument pas, vous êtes parfaite. Autre chose à me montrer ?

Rien d'autre en fait.

— Pas de problème. Nous avons carte blanche. Lazzero doit être très amoureux !

Estimant qu'il valait mieux ne pas répondre, Chiara,

qui tenait sa tasse dans la main droite, prit le portable que Micaela lui rendait de sa main gauche. Éclairé par les centaines de watts des luminaires du salon, son diamant lança des éclairs dignes du feu d'artifice d'une grande capitale.

— Vous êtes fiancés, Lazzero et vous ? demanda Micaela, interdite et presque aveuglée par les feux de la pierre.

— C'est tout nouveau, murmura Chiara. Nous ne l'avons pas encore annoncé officiellement.

— Je pense que ce sera inutile, dit Micaela, cassante. La moitié de Manhattan sera informée avant midi.

Effectivement, les vendeuses s'étaient précipitées pour admirer la bague.

*Punaise !* Pourquoi avait-elle accepté ça ?

— Bien, nous allons commencer.

Chiara entra dans le salon d'essayage pendant que la styliste choisissait des tenues pour sa cliente.

— Tenez, passez ceci.

Les robes défilèrent, très belles. Le goût de Micaela collait parfaitement avec le sien.

— Voyons maintenant les robes du soir, dit la styliste.

À la pensée de se trouver sous les feux de la rampe, photographiée par une armée de paparazzis du monde entier, et de devoir fouler le tapis rouge, Chiara frissonna.

— Il vous faut des tenues très *justes*, dit Micaela. Flashy pour attirer l'œil mais sans ostentation.

Le temps de passer quelques robes longues, de choisir les pochettes qui allaient avec et des bijoux pour agrémenter le tout, Chiara était au bord de l'évanouissement.

— Je vous ai réservé une séance au spa, dit Micaela, mais, avant, nous allons passer à côté. Venez.

Elles sortirent. « À côté » n'était autre qu'une boutique de lingerie.

— Je n'ai besoin de rien, dit Chiara. J'ai ce qu'il me faut.

— Vous êtes sûre ? Attention aux coutures des slips. Elles risquent de marquer.

La styliste avait raison. Tant qu'à faire…

Quand elle se vit dans la glace dans un superbe combiné de tulle et résille couleur pêche bordé d'une délicate dentelle autour des bonnets, Chiara retint son souffle. Quoi qu'elle en dise, le luxe avait du bon !

Antonio, ce monstre qui ne l'avait pas jugée digne de son milieu, adorait acheter sa lingerie. Il disait que c'était parce qu'il aimait l'avoir à lui tout seul — qu'il ne voulait la partager avec personne. Elle avait accepté ce raisonnement, qui ne tenait pourtant pas debout. Cette excuse lui servait aussi à expliquer pourquoi il ne l'emmenait *jamais* à aucune soirée et *toujours* dans des restaurants discrets, un peu à l'écart. Le menteur ! Comment avait-elle pu gober ça ? N'y voir que du feu ?

Vexée rien que d'y penser, elle rougit. C'était fini, elle ne permettrait plus qu'un homme ait un tel pouvoir sur elle. Elle ne se ferait plus jamais d'illusions.

— Allons grignoter un petit quelque chose, et je vous conduis chez le coiffeur, annonça Micaela.

Dimitri, que Micaela avait qualifié de « coiffeur le plus inspiré de Manhattan », suggéra d'emblée une coupe.

— Une coiffure 2.0, précisa-t-il. Avec une frange pour la modernité.

D'abord horrifiée, Chiara refusa. Ses cheveux avaient toujours été sa fierté, et puis Antonio les adorait.

Justement ! se ravisa-t-elle *in petto.*

Pointant le menton, elle fixa Dimitri et, d'un ton sans appel, lança :

— Coupez-les !

Lazzero réglait au téléphone les derniers détails avant leur départ pour l'Europe quand Chiara fit son entrée dans le petit salon de l'aéroport de Teterboro. Gareth, qui l'avait amenée, déposa sa valise à côté d'elle, et disparut. Absorbé par ce qu'il faisait, Lazzero ne remarqua d'abord rien.

En pantalon cigarette noir, bottes hyper sexy et grande chemise de soie, Chiara avait un look très nouveau, à la fois cool et sophistiqué.

— Oh ! s'exclama-t-il soudain. Tes cheveux !

Où était passée cette chevelure qui moussait autour de

son visage ? Ce n'était plus elle. Sans ses incroyables yeux verts que la frange mettait davantage encore en valeur, il ne l'aurait pas reconnue.

— J'ai eu envie de changer de tête. Dimitri, le coiffeur de Micaela, trouve que ça me va bien. Et toi ?

Oui. Non. Enfin… Dimitri était un imbécile, et il le lui dirait sauf que… Chiara avait exactement l'allure qu'il fallait pour la circonstance. Micaela avait bien travaillé. Alors pourquoi était-il en colère ? Parce qu'il l'aimait mieux *avant* ?

— Pardon, dit-il. Tu es magnifique. Ta coupe est à la fois moderne et chic. Bravo.

Un agent de l'aéroport s'approcha, les interrompant.

— Nous sommes prêts à partir.

L'avion, un jet privé prêt à décoller, les attendait. Après vérification de leurs passeports, ils montèrent à bord. À peine installés, Lazzero sortit son ordinateur portable, Chiara un magazine. Comme elle s'agitait nerveusement, il se tourna vers elle.

— Qu'est-ce qui ne va pas ?

Elle posa le journal devant lui.

— Ah ! C'est encore cette satanée Samara Jones, dit-il en voyant la photo de Chiara, dans Madison Avenue, les bras chargés de paquets, illustrant l'article de la chroniqueuse mondaine.

*Désolée, mesdames, ce Di Fiore n'est plus à prendre. Selon une source bien informée, la nouvelle fiancée de Lazzero Di Fiore a été vue, un diamant de quatre carats au doigt, faisant du shopping lundi avec la coach Micaela Parker. Toujours selon cette source, elle assistera à la Coppa Estiva à Milan.*

Lazzero, pour une fois, ne pesta pas contre la journaliste. Au contraire. Grâce à son torchon, la rumeur allait se répandre, Carolina prendrait acte de la situation, et son problème à lui serait résolu.

En face de lui, Chiara, elle, ne décolérait pas.

— Ne fais pas cette tête, dit-il d'un ton suppliant. Notre but est atteint. Et dans quelques jours, ce sera fini.

Elle lui lança un regard noir.

— C'est facile à dire, dit-elle d'un ton grognon. Tu crois que ça me plaît, de me voir dans un journal ? Et si mon père le voit ? Sans compter qu'ils vont se régaler, quand ils apprendront qu'on a rompu. « Les fiançailles les plus brèves de la décennie » … Je vois déjà le titre.

Il haussa les épaules.

— Tu savais qu'ils te photographieraient à Milan.

Elle ronchonna.

— Allez, viens prendre un verre avec moi et profitons-en pour mieux nous connaître

Il se leva, lui défit sa ceinture de sécurité et lui tendit la main.

Chiara prit la main de Lazzero et se leva. Elle ne pouvait pas refuser, et puis il avait peut-être raison. S'ils se connaissaient mieux, sa mission serait plus facile. Elle aurait moins d'appréhension vis-à-vis de ce qui l'attendait.

Il y avait un salon dans le jet, avec un canapé sur lequel elle se recroquevilla, jambes sous les fesses. Espérant se décontracter, elle but une gorgée de vin. Mais comment se détendre avec un Lazzero si séduisant ? C'était presque une provocation ! Pantalon foncé et chemise blanche, manches roulées jusqu'aux coudes, barbe de trois jours, ce garçon était un pousse-au-crime.

Il lui faisait un de ces effets…

Elle but encore un peu de vin et, saisissant le premier sujet qui lui venait à l'esprit, lança :

— Tu faisais quel sport à la fac ?

— Du basket.

Il s'appuya au dossier du canapé et croisa les jambes. Bon sang, elles étaient longues !

— Santo aussi ?

Il sourit, moqueur.

— Santo ? Il est trop soucieux de son physique pour pratiquer un sport aussi brutal. Non, il jouait au base-ball.

— Tu devais être très bon pour avoir obtenu une bourse.

Il haussa les épaules.

— J'étais bon. Mais je me suis blessé en terminale et je n'ai pas eu le temps de revenir au niveau nécessaire avant les championnats.

Son attitude, sa façon d'accepter ce qui n'aurait pas dû arriver l'étonna. En bien. Pour lui non plus, cela n'avait pas dû être simple. Pour elle, l'arrêt de ses cours de design, à cause de la boulangerie à renflouer, avait été comme le renoncement à une partie d'elle-même. Pour Lazzero qui rêvait, comme beaucoup de petits garçons, de devenir athlète professionnel, le rêve aussi avait tourné court.

— Ça a dû être difficile de te faire voler ton rêve.

Le visage de Lazzero s'assombrit.

— Certains rêves coûtent trop cher, dit-il, énigmatique.

— Supersonic était un rêve que vous aviez, tes frères et toi.

— Oui, on l'a réalisé… mais sans rêver ! On a analysé le marché, identifié une niche. C'est devenu sérieux.

— Trop d'ambition peut être destructeur, dit-elle. J'en vois pas mal d'exemples à New York.

— Tu parles de l'homme qui t'a brisé le cœur ?

Son pouls s'affola brusquement.

— Qui dit qu'il existe ?

— Moi. Ce que tu disais au café… Le fait que tu ne laisses aucun homme t'approcher. Tu as « cœur en miettes » écrit partout sur toi.

Elle se mordilla les lèvres, hésita.

— Oui, il existe et, oui, il m'a fait beaucoup de mal. Mais avec le recul, je me dis qu'il valait mieux que je voie qui il était vraiment.

— C'est-à-dire ?

— Quelqu'un en qui je ne pouvais pas avoir confiance. On ne peut pas faire confiance à des hommes comme lui.

Il la regarda, droit dans les yeux.

— Tu généralises un peu vite, non ? Il t'a fait du mal,

il t'a meurtrie, mais c'est *un* homme, Chiara. *Un seul*. Que veux-tu faire ? Passer ta vie à éviter les hommes parce qu'ils pourraient te faire souffrir ?

Elle pinça les lèvres, boudeuse, têtue.

— Je ne veux pas prendre de risque.

— Tu l'aimais ?

— Je croyais.

Elle pointa le nez en l'air.

— Je pourrais te demander la même chose. Pourquoi cette peur de t'engager ? Parce qu'il est clair que tu as peur.

— Non, ça ne m'intéresse pas, c'est tout.

— Pourquoi ?

— Parce que aimer c'est compliqué et que je n'aime pas les drames.

Il but un peu de vin et reposa son verre sur sa cuisse.

— Ta famille ? demanda-t-il. Je sais ce que fait ton père, Carlo, mais à part ça ? Ta mère ? Tu as des frères, des sœurs ?

Chiara santit son cœur se serrer.

— Maman est morte d'un cancer du sein quand j'avais quinze ans. Je suis fille unique.

— Oh ! je suis désolé. Vous étiez proches ?

— Oui, dit-elle très bas. Elle s'occupait de la boulangerie avec mon père. Elle était formidable… merveilleuse, avisée. Une mère de substitution pour la moitié des enfants du quartier. Mon père disait toujours « tu sais, ta mère, les trois quarts des clients viennent seulement pour parler avec elle ». Elle me manque. Je pense à elle tous les jours.

Ses yeux se mirent à piquer, à brûler. Le vide que sa mère avait laissé ne serait jamais comblé.

Soucieux de lui apporter un peu de réconfort, Lazzero lui prit la main et la serra dans la sienne.

— Tu sais, moi aussi j'ai perdu mon père, jeune. J'avais dix-neuf ans. Je sais ce que ça fait.

— Oh ! Que s'est-il passé ?

— Il était alcoolique. Il a bu à en mourir. Sans commentaire. Quant à ma mère, elle s'est remariée et vit en Californie. Je ne la vois pas. Elle ne fait plus partie de ma vie.

— Pourquoi ?

— *No comment.*

Attristée, elle se rassit plus droit sur le canapé. « Plus partie de ma vie » ? Que voulait-il dire ? Elle ne le saurait pas aujourd'hui car il n'était pas d'humeur à se raconter, cela se lisait sur son visage.

— À part ces tristes nouvelles, quoi d'autre ? lui demanda-t-elle.

Il fit tourner le vin dans son verre et en but une gorgée.

— Je m'entraîne dans un gymnase, tous les matins à 6 heures, avec un boxeur du quartier. J'apprécie l'humour, la franchise et la fidélité en amitié… et les vins de Toscane. Et je n'aime pas Samara Jones.

Son humour la fit sourire.

— Tu auras sûrement compris, quand je papotais avec ma collègue au café, que je déteste la fourberie et le mensonge.

Elle reprit son souffle.

— Comme toi, j'ai peu de temps libre. Quand je ne travaille pas au café, j'aide à la boulangerie. Rien de passionnant. Si, j'ai un toc, je ne manque pas un seul *reality show* de danse de salon ! Je m'évade comme ça.

Il rit.

— Ma mère était danseuse. Imagine-toi qu'elle nous a inscrits à des cours, valse, tango… Ridicule. Elle disait que c'était indispensable « pour se hisser dans l'échelle sociale ».

Imaginant les trois frères Di Fiore en train de danser, elle se demanda ce que faisait Lazzero quand il sortait avec une femme. L'emmenait-il danser ? Dîner dans des auberges de luxe ? Était-il romantique ou homme d'affaires ? Elle se mordilla les lèvres.

Ce genre de questions n'avait rien à faire là. Ce qu'elle pouvait être curieuse, quand même !

Mais si Lazzero et elle n'avaient pas été en déplacement d'affaires et qu'ils s'étaient plu, comment se comporterait-il ? Elle allait lui poser la question. Compte tenu de leur situation, ça ne prêtait pas à équivoque.

— Si on sortait ensemble, que ferait-on ?

Surpris par la question, il se frotta le menton.

— Nous pourrions débuter par un dîner dans un italien d'East Village que je connais. C'est bon et sympa. Ça se corserait ensuite.

— Ah ?

— Nous retournerions sans doute chez moi poursuivre notre conversation. Je te laisse imaginer la suite.

— Je vois, dit-elle platement.

— Et toi ? Tu aimerais faire quoi ?

— Moi, je suis trop prise pour sortir.

Il lui jeta un regard interrogateur.

— À quand remonte ton dernier rendez-vous avec un homme ?

— Bof ! Ça ne te regarde pas. Et ce n'est pas dans notre contrat.

— Tu as raison, je voulais juste savoir. Simple curiosité.

Il sourit en coin.

— Tu vas finir par manquer d'entraînement, tu réalises ?

— Je ne comprends pas ?

— Pour les baisers… et le reste ! Haha ! À ce propos, on devrait essayer tout de suite.

Elle se renfrogna. Ah, le rustre ! Il était comme les autres !

— Je ne crois pas, réussit-elle à dire, la gorge sèche comme du papier de verre.

— Pourquoi pas ? demanda-t-il, insistant, les yeux brillants, presque fiévreux. Aurais-tu peur qu'on se plaise vraiment ?

Son pouls battant à trois cents coups minute à l'idée de cette bouche prenant la sienne, sauvagement, elle ne parvint pas à prononcer les trois lettres *n o n*. Mais il fallait arrêter ce petit jeu tout de suite. C'était trop dangereux.

— C'est un arrangement d'affaires que nous avons passé, Lazzero. S'il faut s'embrasser, ce ne sera pas pour de vrai. Ce sera pour faire comme si… C'est clair ?

— Comme de l'eau de source, murmura-t-il. J'aime les femmes qui ne dévient pas de la trajectoire.

# 4.

Après son échange étrange avec Lazzero, Chiara ne pensait plus qu'à leur discussion. En mettant le sujet « séduction-rendez-vous » sur le tapis, elle avait levé un lièvre. Elle aurait dû se taire. Maintenant, elle était embarrassée.

Après le dîner, pour se changer les idées, elle prit un livre et se concentra délibérément sur sa lecture plutôt que sur l'homme assis en face d'elle. La nuit était tombée. Absorbé dans sa montagne de papiers, Lazzero travaillait. Elle, fatiguée, commençait à s'assoupir. Cédant à l'insistance de Lazzero, elle accepta finalement d'aller se coucher dans la petite chambre aménagée dans la queue de l'appareil.

Quelques heures plus tard, à son réveil, une lumière dorée enveloppait les Alpes italiennes aux sommets coiffés de blanc. Un autre monde. Décidant de se rafraîchir, elle fit un brin de toilette puis rejoignit Lazzero. Il s'était changé et était prêt. Chemise bleu clair, jean propre, barbe rasée, ce n'était plus le même. Hélas, frais comme un sou neuf, il lui plaisait davantage encore.

— Nous allons atterrir, dit-il en regardant par le hublot.

L'avion se posa en douceur.

Ils descendirent et prirent la voiture qui les attendait pour les amener près de la Scala, à l'hôtel de Filippo Giordano, l'ami de Lazzero.

L'Orientale occupait quatre élégants bâtiments du XVe siècle, autrefois un couvent, reconvertis en oasis urbaine de luxe. Quand le manager de l'hôtel arriva pour les accueillir, Chiara était bouche bée d'admiration.

— Nous étions complets quand Filippo m'a demandé

une suite pour vous, dit-il. La Coppa Estiva attire énormément de monde. Heureusement, la suite présidentielle s'est libérée. Filippo a pensé qu'elle serait idéale pour de jeunes fiancés.

Chiara crut s'évanouir. Ce n'était pourtant pas le moment.

La suite, spécialement préparée pour eux, occupait tout le troisième étage. Elle était somptueuse, avec son immense hauteur sous un plafond à caissons, sa vue imprenable sur la ville et sur la piscine à débordement qui scintillait sur la terrasse en contrebas.

La lumière du soleil inondait les pièces : boudoir, petit et grand salons, que le majordome s'enorgueillit de leur faire visiter. Ici, tout était ordre et beauté, l'expression même du bon goût avec des tons vanille et taupe rehaussés de noir, des boiseries en chêne. Une combinaison parfaite entre style milanais et influence orientale.

Le clou de la visite : une salle de bains comme elle n'en verrait sans doute plus jamais de sa vie, s'émerveilla Chiara. Sol en marbre du Brésil, éclairage indirect, spa aussi grand que tout son appartement, c'était le luxe à l'état pur. Mais elle n'avait pas tout vu. Il restait la chambre. Et quelle chambre ! Digne d'un palais avec ses portes à double battant, une vue magnifique sur les collines et un incroyable lit à baldaquin.

Au départ du majordome, Lazzero se tourna vers elle.

— J'avais demandé une suite pensant qu'elle aurait deux chambres, mais apparemment il n'y en a pas d'autre. Pas de problème, je prendrai le canapé.

— Non. Tu es trop grand, c'est moi qui le prendrai.

— Je ne suis pas un grand dormeur.

Leur discussion en resta là. Ils déjeunèrent sur la terrasse, de spécialités italiennes, et Lazzero se retira dans le bureau.

— Repose-toi cet après-midi, lui dit-il. La soirée risque d'être longue.

Sans énergie, elle ne discuta pas. Si ça l'amusait de donner perpétuellement des ordres, qu'il les donne — dans six jours, ce serait fini.

Elle se déshabilla donc et se glissa avec volupté entre les

draps de soie du lit à baldaquin. Il était 18 heures quand, réveillée en sursaut par l'alarme du réveil, elle se leva. Elle avait prévu une bonne plage de temps pour se préparer.

Lazzero n'était pas là. Coup d'œil dehors, il nageait dans la piscine. Elle en profiterait, demain. Pour l'instant, elle allait se prélasser dans la baignoire en buvant un thé.

Sur ces entrefaites, Lazzero entra dans la salle de bains pour se doucher. Profitant de ce qu'il ne la voyait pas, elle sortit de son bain et commença à se maquiller, en essayant de ne pas penser à l'adonis qui s'agitait, nu, sous le jet d'eau.

Une fois maquillée et coiffée, elle passa la robe en lamé qu'elle avait choisie avec Micaela pour la soirée. Elle était assez provocante. Matière brillante, coupe moulante, manches longues mais décolleté plongeant dans le dos, elle accrochait le regard.

Chiara se regarda dans la glace. Devant. Derrière. De profil. C'était très mode, parfait pour la soirée d'ouverture, mais elle n'avait jamais rien porté d'aussi court. C'était Micaela qui avait insisté pour qu'elle mette sa silhouette — qu'elle trouvait parfaite — et ses jambes en valeur.

Continuant sur sa lancée, elle passa ses escarpins dorés, l'achat qu'elle avait préféré, et de grosses boucles d'oreilles voyantes, seule concession à son style bohème.

— Je suis prête, lança-t-elle.

Et elle alla sur la terrasse attendre Lazzero.

Le soleil se couchait sur Milan. Le dôme de la cathédrale, enveloppé d'une lumière dorée de fin d'après-midi, dressait ses flèches gothiques en plein cœur de la ville. Le spectacle était beau mais, stressée par la soirée à venir, Chiara avait l'esprit ailleurs.

Inspirant profondément, elle empoigna la rambarde en fer forgé et la serra. Ce monde n'était pas le sien. Et si elle disait ou faisait quelque chose qui embarrassait Lazzero ? Et si elle s'emmêlait dans les réponses aux questions qu'on allait sûrement leur poser ?

Elle serra les dents. Elle s'était prise en main dès l'âge de quinze ans, avait appris à survivre dans toute sorte de situations dans un Manhattan sans pitié pour les faibles.

Elle survivrait bien à quelques heures d'une soirée avec l'élite mondiale.

Et pour ce qui était d'Antonio, peut-être se faisait-elle un sang d'encre pour rien. Il voyageait beaucoup pour ses affaires, sans doute ne serait-il même pas là.

« Concentre-toi sur ce que tu peux contrôler », lui répétait sans cesse son père.

Cinquante longueurs de piscine auraient dû venir à bout de son surplus d'adrénaline. Du moins Lazzero le croyait-il jusqu'à ce que, sortant sur le balcon, il découvre Chiara étincelante comme un joyau dans la nuit, et qu'il sente son corps réagir.

Ses cheveux noirs brillants, sa robe lamée, le galbe de ses jambes firent tanguer son cœur. Il y avait aussi ses yeux, vert lagon, et ce grain de beauté juste au-dessus d'un sourcil qui lui donnaient un type exotique.

— Nerveuse ? demanda-t-il en allant vers d'elle.

— Un peu.

— Sois rassurée. Tu es d'une beauté époustouflante. Je pardonne même à Dimitri le sort qu'il a fait à tes cheveux.

Elle pencha la tête en arrière pour le regarder, faisant valser des mèches folles autour de son visage. L'air sembla subitement se raréfier. Elle prit une profonde inspiration pour se détendre.

— Dis-moi, pourquoi le deal que tu passes avec Casale est-il si important ? Pourquoi prends-tu de telles précautions ?

Il haussa les épaules.

— C'est pour le développement de ma société. Fiammata a mis au point une technologie de pointe pour les chaussures des sportifs et…

— Fiammata est en perte de vitesse, dit-elle. Supersonic, en phase de croissance. Vous voulez leur acheter leur brevet, c'est ça ?

— Bravo ! Tu es au courant de tout. C'est une des choses que j'apprécie chez toi, en plus de ton intelligence.

En plus de ses jambes, aussi… Mais cela, il le garda pour lui.

Elle fronça les sourcils.

— C'est quoi, alors, le problème ?

C'était la question à plusieurs millions de dollars. Celle qu'il préférait éviter…

— Fiammata est une entreprise familiale. Gianni a peut-être du mal à en laisser filer une partie.

— Vous en feriez autant si c'était votre société.

Il acquiesça.

— On dit que Gian Galeazzo Visconti, l'aristocrate qui a fait construire la cathédrale…

Tiens, pourquoi changeait-il de sujet ?

— … a vu le diable en rêve, une nuit. Ce dernier lui a ordonné de bâtir une église pleine de gargouilles, sous peine de lui voler son âme. D'où les monstres sur la façade de la cathédrale.

— Il n'a pas vraiment eu le choix, dit Chiara.

— Non, sauf à vouloir mourir.

Son regard glissa sur son cou. Elle avait oublié d'attacher une agrafe dans le dos de sa robe.

— Tu n'as pas fini de t'habiller, dit-il, d'un ton léger, en passant derrière elle.

En essayant de saisir la petite agrafe, il effleura son dos. Sa peau était plus douce que du velours.

— Tu y arrives ? dit-elle, nerveuse.

— Heu… Oui… Presque… Attends…

Il la sentit se raidir sous ses mains.

— Ce que c'est compliqué, les robes des femmes !

Il essaya de rire mais le trouble augmentait sa maladresse, et il bégaya,

— Pa… tience. Ça va… venir.

Il n'y avait pas que le velouté de la peau de Chiara, il y avait aussi son parfum, des notes florales, ylang-ylang et jasmin, sensuelles à souhait, enivrantes. Comment résister à ce qu'elle lui inspirait tout d'un coup ? Comment rester de marbre ? Ne pas poser les mains sur ses hanches pour l'attirer à lui ? Ne pas frotter le nez contre son cou, l'embrasser puis, imperceptiblement, glisser vers ses lèvres et les dévorer ?

Non. Il ne devait pas s'aventurer sur ce terrain-là. Ce serait commencer quelque chose qu'il ne finirait pas, car il n'avait qu'un objectif, mettre Gianni Casale à genoux une bonne fois pour toutes. Rien d'autre.

— Voilà, dit-il, reculant à regret.

Elle eut un soupir de soulagement, avant de se tourner vers lui.

— Il sera là ce soir ? Gianni ? demanda-t-elle d'une voix légèrement éraillée.

— *Sì*. Tout le gratin de Milan sera là, d'ailleurs.

Coup d'œil à sa montre.

— Il est temps d'y aller.

La Lamborghini empruntée à Filippo les emmena en quelques minutes au night-club où avait lieu la soirée d'ouverture. Une foule de paparazzis agglutinés le long des marches bombardaient les invités de flashs et de questions. Des célébrités se pressaient vers l'entrée, d'autres au contraire, soucieuses de se faire remarquer, lambinaient sur le tapis rouge. Chiara en reconnut certaines. Des footballeurs milliardaires exhibant des mannequins plus grandes qu'eux. Une star de cinéma et la princesse d'une petite principauté qui défrayaient régulièrement la chronique. Bien d'autres encore…

— Santo ne va plus se tenir ! dit Lazzero comme pour lui-même.

Effrayée à l'idée d'affronter ce parterre de pseudo-sommités, elle ne répondit pas.

— Allons-y, dit-il.

Il remit les clés de la Lamborghini au voiturier et lui prit la main.

— Détends-toi, lui dit-il. Je suis là.

Elle serra sa pochette devant elle et essaya de sourire. Quel supplice il lui infligeait ! Lui, en revanche, semblait très à l'aise. Superbe dans son smoking noir qui soulignait sa silhouette longiligne, il répondait aux questions qui lui étaient posées par des sourires angéliques. Quel charmeur ! Quel talent !

Ils finirent par entrer. L'intérieur du night-club était incroyable. Ancienne église reconvertie en boîte de nuit, le lieu avait conservé son architecture originelle, murs de pierre et piliers carrés, sol en marbre italien, lustres imposants, grandes toiles sur les murs. Le plus saisissant, presque sacrilège, était l'autel transformé en bar sous le dôme.

— C'est ahurissant ! dit Chiara dans un murmure. J'ai l'impression de venir prier le dieu de la fête.

— C'est ce que voulait Santo. Il doit être aux anges.

La foule était dense, s'approcher du bar une gageure. La musique était étouffée par le brouhaha ambiant, les tintements des verres et les éclats de rire pointus. On ne s'entendait pas.

Sans lui lâcher la main, Lazzero partit à la recherche de ses frères. Santo, dont elle se souvenait pour l'avoir vu au café Di Fiore, était entouré d'admiratrices. Costume sombre et chemise lavande, il était bien le séducteur que décrivait la presse. Nico, plus réservé, avait la même élégance que Lazzero. Comme lui, il était intimidant, avec beaucoup de charme.

— On peut faire confiance à Lazzero pour arriver avec la plus belle femme de la soirée, dit Nico d'une voix forte. Et il ose dire qu'il ne sort jamais !

Éclat de rire.

— Je vous embrasse, dit Nico en déposant un baiser sur la joue de Chiara.

— Je vous préviens, dit Santo, vous n'avez pas choisi le meilleur des frères !

Nouvel éclat de rire.

— Peut-être, mais d'après Lazzero, vous avez toute une cour. Je ne suis pas sûre que cela me plairait, répondit Chiara.

— J'y renoncerai s'il le faut !

Elle éclata de rire. Nico lui tendit une coupe de champagne et fit un signe de tête à Lazzero.

— Tu vois qui je vois ?

Gianni Casale était attablé près de la piste de danse.

— Il est arrivé il y a quelques minutes.

Chiara se tourna discrètement vers lui. Une bonne cinquantaine, épais cheveux noirs striés de fils argentés, yeux noirs, vifs, le visage marqué mais énergique, l'homme était le type même de l'Italien qui a réussi. La femme à ses côtés ne pouvait être que Carolina. Gianni posait la main sur sa cuisse d'un geste possessif qui ne laissait planer aucun doute sur leur lien.

Chiara sentit alors que Lazzero lui avait passé le bras autour de la taille et la serrait d'une façon tout aussi possessive.

Carolina les dévisageait, Lazzero et elle. Elle portait une robe du même bleu que ses yeux, chic sans chichi. L'élégance italienne. À la façon dont elle les regardait, Chiara conclut qu'elle était crédible en fiancée. Lazzero, impassible, faisait lui semblant de ne pas la voir.

— Éloignons-nous, dit-il. Ça te va, le champagne ?

Elle inspira profondément.

— Oui.

Lazzero passa les deux heures suivantes à nouer des contacts pour ses affaires tout en espérant un mouvement de la part des Casale. Avec Gianni, mieux valait la jouer fine. C'était un redoutable négociateur. Lazzero, qui avait pourtant son plan d'attaque bien en tête, avait des difficultés à se concentrer ; la femme à son bras le troublait. Comme la moitié des hommes présents dans le club, il avait du mal à quitter les jambes de Chiara des yeux. Il la sentait tendue, ce qui n'avait pas de sens puisqu'il était près d'elle et ne la quittait pas des yeux.

Il s'apprêtait à prendre pour elle une nouvelle coupe de champagne sur le plateau d'un serveur quand Gianni, savamment guidé par Carolina, approcha.

Son ex-maîtresse, aussi éblouissante que d'habitude, le laissait froid ce soir. Elle avait toujours été très indépendante, calculatrice, déterminée, et elle ne faisait que ce qu'elle voulait. Gianni, qui supportait ses défauts depuis trois ans, le regarda avec méfiance.

— Lazzero, dit Carolina, lâchant le bras de son mari.

Se hissant sur la pointe des pieds, elle l'embrassa sur les deux joues en s'attardant légèrement.

— Carolina, répondit Lazzero en la repoussant gentiment pour serrer la main de Gianni. Je vous présente Chiara. Chiara Ferrante, ma fiancée.

Carolina pâlit.

— Je l'avais appris mais…

Le diamant qui brillait au doigt de Chiara attira immanquablement son regard.

— J'ai pensé que c'était encore une *fake news* de journaliste.

Elle se força à rire, un rire nerveux qui ne trompait pas. Surtout pas son mari.

— Tu avais juré que tu ne te marierais jamais.

— Oui mais, tu sais… Quand on rencontre la bonne personne…

— *Felicitazioni,* dit Gianni, apparemment gêné par les commentaires de sa femme. Tenez, je vous embrasse. Lazzero a beaucoup de chance !

— *Grazie mille*, répondit Chiara. C'est tout nouveau, vous savez.

— Pour quand est le grand jour ? demanda Carolina.

— Ce n'est pas encore décidé. Pour l'instant, nous restons fiancés. C'est un statut qui nous plaît.

— J'en suis sûre.

Les yeux de Carolina brillaient trop. Elle souffrait.

Lazzero commença à s'en vouloir. La conversation durait, c'était un supplice pour Chiara autant que pour Carolina. Il aurait dû y mettre fin aussi rapidement que possible. C'était une erreur qu'il ne répéterait pas.

Après leur rencontre gênante avec les Casale, Chiara se réfugia dans les toilettes. Peinée pour Carolina qui, de toute évidence, était toujours amoureuse de Lazzero, elle éprouvait une certaine sympathie pour elle. Elle connaissait, pour l'avoir vécu, ce chagrin-là, savait la douleur et l'humiliation d'être rejetée.

Alors qu'elle prenait place devant le grand miroir, une femme la bouscula. Esta Fabrizio, la mère d'Antonio !

Comme si elle ne l'avait jamais vue, Esta Fabrizio la balaya du regard telle une chose sans intérêt et lança :

— *Scusi.*

Et elle se dirigea vers la sortie.

— Il n'y a que Maurizio et toi, ici ce soir ? lui demanda l'homme qui l'attendait à la porte.

— *Sì,* répondit Esta. Mon fils n'est pas là, c'est nous qui représentons la famille.

Chiara fut soulagée par ce qu'elle venait d'entendre. Antonio n'était pas là. Elle n'avait plus à craindre de le croiser. Elle se pencha vers la glace et hocha la tête. Elle se sentait humiliée. Esta l'avait regardée comme si elle n'était rien, comme on regarde un insecte qu'on va écraser.

Elle haussa les épaules. Esta avait-elle une raison de se souvenir d'elle ? Elle n'était pas mémorable à ce point. Elle péchait par orgueil.

Peut-être. N'empêche, elle n'était pas près d'oublier le jour où elle avait croisé Esta, venue à l'improviste chez Antonio lui faire une surprise pour son anniversaire.

— Je pars travailler, s'était excusée Chiara.

Esta l'avait regardée de haut. Jugée. Ses origines ouvrières, son accent du Bronx n'avaient pas échappé à cette femme snob.

— Antonio a une fiancée à Milan, vous le savez ?

Quel choc ! Elle n'était donc que son «jouet» américain.

La mère, triomphante, avait ajouté, ravie :

— Fabrizio n'épousera jamais une femme comme vous.

Chiara n'avait pas tergiversé. Elle avait décidé, sur-le-champ, de mettre fin à cette relation.

Un goût amer dans la bouche, Chiara fouilla dans sa pochette. Un peu de blush, un peu de rouge.

— Ah non ! dit-elle à voix haute.

Elle n'allait pas se laisser une fois de plus démolir par

cette femme. Se ressaisissant, elle se poudra le nez. Antonio n'était pas là, c'était tout ce qui comptait. Ce que pensait cette matrone…

Quand Chiara retrouva Lazzero, la fête battait son plein. Les lumières avaient été tamisées, la musique égrenait des notes langoureuses, la salle palpitait. Le champagne coulait à flots, des couples avaient envahi la piste. La fête était réussie. Santo, une coupe de champagne dans chaque main, vint bientôt les rejoindre. Puis Carolina, qui lui parla en aparté.

— Pardon pour tout à l'heure, dit-elle. J'ai été prise de court par la nouvelle. J'aurais dû vous féliciter. Lazzero et moi nous connaissons depuis si longtemps…

— C'est ce qu'il m'a dit, en effet, répondit Chiara, méfiante. Au fait, comment vous êtes-vous rencontrés ?

— Lazzero m'avait chargée de la décoration intérieure des bureaux de Supersonic et de son loft.

Chiara n'eut aucun mal à imaginer Carolina se promenant dans le loft de Lazzero, des échantillons de couleurs à la main, pour finalement se retrouver dans son lit…

— Et vous ? Comment vous êtes-vous connus ? Tout le monde s'interroge…

L'allusion était odieuse, mais Chiara n'en avait rien à faire. Elle n'avait rien à perdre.

— Dans un café.

— Un café ? répéta la belle brune.

— Oui, le café où je travaille. Cela fait plus d'un an que nous nous connaissons.

— Vous êtes serveuse, alors ?

— Barista, corrigea sèchement Chiara que sa rencontre avec Esta avait agacée et rendue agressive. Nous ne servons que des cafés. Et en amour, tout le monde se vaut.

*Et vlan ! Dans les gencives !*

Carolina changea de tête. Un rictus méchant déforma sa bouche botoxée.

— Si j'ai un conseil à vous donner, méfiez-vous de lui. Il a sûrement envie de vous, Chiara, mais il n'est pas amoureux. Il est incapable d'aimer. Alors suivez mon conseil, assurez-vous d'avoir un contrat de mariage en béton.

— C'est noté, répondit Chiara. Maintenant, veuillez m'excuser, je dois retrouver mon fiancé.

Santo n'avait pas quitté Chiara des yeux pendant que Carolina, en toute amitié, lui prodiguait ses conseils !

— On devrait peut-être intervenir, dit-il à son frère.

— Encore une minute, murmura Lazzero. Chiara est capable de se défendre.

Santo le regarda.

— Ça y est, je sais où je l'ai vue, Chiara. C'est la brune à qui tu faisais du gringue à la première de *Score*.

— Je ne la draguais pas, dit Lazzero. Je lui disais bonjour. Son amie avait gagné des billets pour le lancement. Je la vois tous les jours, ça aurait été grossier de ne pas lui dire bonjour.

Son frère lui jeta un regard moqueur.

— Et tu veux me faire croire ça ! Que c'est un arrangement que tu as négocié avec elle ! Et qu'elle ne fait que ton expresso le matin ! À d'autres, vieux !

— Attention à ce que tu dis, Santo.

Son frère lui fit un clin d'œil.

— Tu l'aimes bien, avoue.

— Bien sûr, sinon je ne l'aurais pas amenée.

— Non, je veux dire, tu l'aimes *beaucoup*. En tout cas, tu as meilleur goût, dit Santo en vidant son verre.

Chiara revenait vers eux, méfiante, en scannant la foule.

Lazzero la regarda.

— Que t'a dit Carolina ?

— De faire attention à notre contrat de mariage parce que, entre toi et moi, ça ne durera pas.

— Qu'est-ce qu'elle en sait ?

— Carolina a une affaire de décoration intérieure. Moi, je suis barista. Elle pense que finalement tu ne m'épouseras jamais. Ou que ça capotera tout de suite. C'est comme ça chez les riches. Je ne fais pas partie de ce monde-là. Carolina est ce qu'elle est, mais tu lui as fait du mal.

— J'ai commis l'erreur de laisser durer, je le reconnais.

— Mais pourquoi es-tu sorti avec elle ?

— Tu veux savoir ? Elle s'est déshabillée chez moi alors qu'elle venait voir le loft pour des travaux. Tu aurais fait quoi à ma place ?

— Non ! Tu plaisantes !?

— Attention, Gianni s'est installé de l'autre côté du bar, dit Lazzero. Il nous observe, soyons crédibles.

Il montra à Chiara sa coupe déjà presque vide, et lui dit de la finir.

— Maintenant, allons danser.

Elle regarda les gens qui s'activaient sur la piste.

— Non, pas ça, Lazzero, je ne sais pas danser ça, dit-elle en reposant son verre. Je vais avoir l'air ridicule.

Il lui prit la main et l'entraîna.

— Tu n'as qu'à te laisser guider. Arrête de vouloir tout contrôler, Chiara. Pour une fois.

Un ordre, encore !

Lazzero, forçant Chiara à le suivre, écartait les danseurs pour se frayer une place sur la piste. Il lui tenait le poignet d'une main ferme. Ce contact, très agréable, déclenchait en elle de petites décharges électriques qui remontaient tout le long de son bras.

Danser avec lui était une très mauvaise idée.

Un nouveau morceau commença. Se souvenant des pieds qu'elle avait écrasés et des silences embarrassants quand elle prenait des cours de danse, Chiara essaya de résister mais c'était impossible. Une main sur son dos, l'autre tenant la sienne, il la serrait très fort.

— À un, en arrière, dit-il. À cinq, en avant.

Comment s'en souvenir avec ce corps puissant si près du sien, avec cet après-rasage épicé et sensuel, entêtant, qui lui faisait déjà tourner la tête ? Mais elle ne pouvait pas rester là comme une gourde, immobile au milieu de la piste, devant tous ces gens qui les regardaient.

Elle prit une grande inspiration et recula pour regarder comment faisait Lazzero. Ses cours lui revinrent immédiatement en mémoire, le pas de base était facile à exécuter. Mais elle n'avait pas le rythme.

— Suis-moi, dit Lazzero, agacé. Et regarde-moi au lieu de regarder par terre. Quand j'avance tu recules, et inversement. C'est très simple.

Non, ce n'était pas si simple quand elle avait ses yeux brillants rivés sur elle et que, le champagne aidant, elle avait chaud et titubait légèrement. Et puis, ce qui se passait là, cette danse, n'était pas prévu dans l'accord qu'ils avaient conclu.

— Voilà, c'est bien, dit-il à voix basse. Tu vois, tu suis très bien. Tu as pris le coup. C'est amusant, non ?

Pour lui peut-être, mais pas pour elle. Encore que, peu à peu, le champagne faisant son effet, elle se détendit. Quand la mélodie s'acheva, elle avait pris tellement de plaisir à danser qu'elle tomba en riant dans les bras de Lazzero. Prise d'un fou rire, elle se laissa emporter dans le slow qui suivait. Le morceau, langoureux à souhait, incitait au rapprochement. Plaquant sa main sous la sienne au creux de son torse, il se penchait exagérément vers elle.

— Si on allait boire un verre ? dit-elle, se redressant brusquement. Cette danse m'a donné soif.

— Alors que je t'ai dans mes bras ? demanda-t-il, taquin, en lui passant un bras autour de la taille. Je crois que nous sommes très convaincants en ce moment, j'aimerais en profiter avant que les flèches recommencent à voler.

— Pas moi.

— Pourquoi ? Je te sens en permanence sur la défensive.

— C'est vrai. Et je ne sais pas pourquoi.

La tenant toujours par la taille, il se dirigea vers le buffet. Ils marchaient, serrés l'un contre l'autre, et elle sentait à chaque pas sa cuisse glisser contre la sienne, sa hanche l'effleurer. Il était dur, musclé, sans une once de graisse. Il se dégageait de lui une impression de force et de puissance. C'était troublant, excitant.

— Lazzero, dit-elle soudain.

— Quoi ? Les Casale nous regardent ? Et alors ? Relax.

Il se pencha délibérément vers elle et lui déposa un baiser sur la tempe.

Et il lui demandait de se détendre ? C'était impossible. Pas après un baiser aussi appuyé. Pas après avoir senti ses lèvres sur son visage, ces lèvres chaudes, sensuelles, qui lui laissaient entrevoir bien d'autres délices… D'ailleurs, il n'avait pas relevé la tête. Sa bouche continuait à caracoler, sur ses joues, son cou… Elle remontait maintenant. Allait-il l'embrasser ? Oui, il allait prendre ses lèvres, c'était certain.

Elle essaya d'éviter sa bouche en s'écartant, mais il la ramena à lui, fermement. Plus rien, semblait-il, ne pouvait plus l'arrêter. Il lui prit le menton entre le pouce et l'index, l'obligeant à le fixer. Décontenancée par son regard, noir, intense, elle frissonna, comme parcourue par un courant électrique. Ce qui se passait, ce qu'il lui faisait et ce qu'elle ressentait, tout était insensé. Elle aurait juré que leur attirance était réciproque, mais elle ne devait pas s'y fier. Brusquement, il baissa la tête et, sans préambule, happa sa bouche.

Ce n'était pas réel. C'était un jeu d'apparences, il ne fallait pas qu'elle s'y trompe. Et pourtant, il mettait tellement de passion dans son baiser qu'on pouvait s'y méprendre. C'était le but, d'ailleurs.

Il reprit son souffle, se pencha de nouveau vers elle et reprit sa bouche, plus doucement cette fois. Ses lèvres étaient un doux murmure contre les siennes, sa langue jouait avec la sienne, du bout du pouce il décrivait des cercles sous son menton. C'était tétanisant, magique. Il avait l'habitude des femmes, cela se sentait.

Béate sous ses caresses, elle ne cherchait pas à se défendre. De toute manière, la bataille était perdue d'avance. Oubliant tout, tabous et appréhensions, elle répondit alors à ses baisers avec autant d'ardeur qu'il mettait à l'embrasser.

Se hissant sur la pointe des pieds, elle croisa les bras

derrière son cou et lui rendit caresses et baisers. Rien n'existait plus que le plaisir d'être embrassée par lui, de sentir son cœur palpiter. Elle eut soudain un gémissement inarticulé. Ébahi, il glissa une main sur sa hanche, la pressant contre lui. Sentant l'évidence de son désir, elle ondula contre lui, franchissant sans honte les barrières de l'audace. Une onde nerveuse la parcourut. Elle trembla. Il prit ses fesses à pleines mains et la pressa plus fort encore. Elle aurait dû être scandalisée. Au contraire. Elle était enfiévrée de désir.

— Chiara, dit-il d'une voix chaude, douce comme une berceuse. Chiara ?

Elle était si loin, si éperdue, qu'elle faillit protester parce qu'il s'était éloigné d'elle et qu'il rompait le charme.

— Oui ?

Comme tombant d'une lointaine planète, elle s'ébroua. Écarquilla les yeux, incrédule. Qu'avait-elle fait ? Avait-elle perdu la raison ? Lazzero ne l'avait embrassée que pour mentir aux Casale. C'était un jeu pour lui et elle n'était qu'un pion.

La tête à l'envers et le cœur battant, elle battit des paupières.

— Chiara, murmura-t-il, c'était juste un baiser.

« Juste un baiser. » C'était comme si la terre s'était dérobée sous ses pieds. Elle n'avait jamais rien ressenti de pareil. Pas même avec Antonio, si expert pourtant dans l'art de la séduction.

Pour Lazzero, ce n'avait été qu'un baiser. N'avait-elle donc rien appris de son expérience ? Suffisait-il d'un regard, d'un baiser pour qu'elle se brûle de nouveau les ailes ?

Elle recula. Pointa crânement le menton vers lui.

— *Sì*, dit-elle d'un ton ferme. Ce n'était qu'un baiser. Maintenant que nous nous sommes bien donnés en spectacle, j'estime en avoir assez fait.

# 5.

« Juste un baiser. »

Lazzero reprit son souffle. De toute évidence, il avait dit à Chiara ce qu'il ne fallait pas dire. Elle l'avait foudroyé du regard et ignoré le reste de la soirée. Pendant le retour en voiture, la glace n'avait pas fondu. Il avait tenté de relancer la conversation, mais elle avait à peine répondu. Mais pouvait-il vraiment lui en vouloir ?

Il aurait dû arrêter quand il avait senti qu'elle s'enflammait, quand était apparu ce qu'il pressentait depuis le début : que la chaleur les imprégnait tous les deux bien au-delà de la peau.

Il avait péché par orgueil. Pour prouver à Chiara qu'il n'était pas le dernier des derniers, pour rectifier son jugement sur lui. Pour lui faire toucher du doigt qu'il pouvait être, contrairement à ce qu'elle pensait, un homme pour elle.

Il avait aussi péché par curiosité. Pour faire tomber ses défenses et voir ce qu'elle cachait derrière. Et nom d'un chien ! Oui, il l'avait découvert !

Se rappelant sa réponse à ses baisers, il s'enflamma. Elle l'avait bien surpris ! À bien y réfléchir, qu'elle lui en veuille était injuste, il n'était pas seul coupable de ce qui s'était passé.

Elle descendit de voiture et se dirigea vers l'entrée, le laissant remettre les clés de la Lamborghini au voiturier. Quand il la rejoignit, l'ascenseur était déjà là et elle l'attendait, impatiente, tapant du pied sur les carreaux de marbre du sol. Ils montèrent sans un mot jusqu'au troisième étage.

Arrivée dans le loft, elle ôta ses chaussures et fila dans la chambre à coucher.

Alors qu'elle entrait dans la salle de bains, il la retint.

— Chiara, il faut qu'on parle.

Visage fermé, elle rétorqua que c'était inutile, qu'il avait raison, que c'était *juste un baiser.*

— Maintenant, dit-elle, si ça ne te dérange pas, je fais ma toilette et je vais me coucher. Je suis épuisée.

Elle le regarda par en dessous, l'air mauvais.

— Si je peux prendre une pause, évidemment.

Sur ces mots, elle lui claqua la porte au nez. Il n'allait pas la suivre sur ce terrain-là. Demain serait un autre jour. Les esprits seraient calmés.

Oui, mais leur baiser, ce baiser qui n'avait pas été un baiser de cinéma, serait toujours là. Il l'avait vu venir, il l'attendait depuis un an, précisément depuis le jour où il avait franchi la porte du Daily Grind et vu Chiara pestant devant la machine à café qui faisait des siennes. Il ne s'était rien passé, bien sûr. Mais ils s'étaient *vus*. C'était clair. Ils étaient grands et vaccinés. Des adultes consentants. C'était quoi le problème ?

Il entra dans le dressing, jeta son portefeuille et sa monnaie sur la console. Il avait vexé Chiara. Elle avait sûrement cru qu'il jouait. Cela aurait pu être le cas, au début du moins, s'il ne s'était laissé prendre lui aussi par l'intensité de leur étreinte.

Il défit sa cravate et ses boutons de manchette. La laisser ressasser serait contre-productif, aussi alla-t-il frapper à la porte de la chambre. Entra. Fronça les sourcils en se rendant compte que la pièce était vide et que le lit n'avait pas été ouvert. À cet instant, il l'aperçut sur le balcon où elle devait ruminer sa colère. Il s'approcha. Elle était prête à aller au lit. Son débardeur et son short n'étaient pas particulièrement érotiques, mais le tissu avait l'air très doux et lui donnait envie de le caresser. Comme ses mains le démangeaient, il les passa derrière son dos.

— Ce n'était pas juste un baiser, dit-il.

Lâchant la rambarde, elle pivota. Elle s'était démaquillée

et le naturel lui allait bien. Ses jambes, nues, étaient longues et fines, et leur peau, lisse et dorée. La tentation incarnée.

Il ramena les bras devant lui et la regarda dans les yeux.

— J'ai aimé t'embrasser, et je sais que toi aussi. J'en ai eu envie dès que je t'ai vue dans ta robe, ce soir. En fait, dit-il d'une voix rauque, je t'ai tout de suite remarquée au Daily Grind. Dès le premier jour. Il se passe quelque chose de fort entre nous, Chiara, nous le savons tous les deux. Ce serait ridicule de le nier.

Elle grimaça.

— Tu jouais. C'était pour rire, ce baiser, j'ai bien compris.

— Non, je voulais satisfaire ma curiosité, tester l'attirance que je devinais entre nous. Voir ce qui se passerait. Toi aussi, non, tu voulais le savoir ? demanda-t-il, la provoquant. Mais tu ne l'admettras pas parce que tu te protèges, parce que tu as peur de te laisser approcher, parce que, dès le début, tu m'as collé l'étiquette « bad boy » et que tu n'en démords pas. Ah oui, j'oubliais, parce que tu refuses obstinément d'admettre que je ne te suis pas indifférent.

Un éclair passa dans ses yeux verts.

— Tu as raison, tout ça est vrai. Mais je n'ai aucune envie d'être cataloguée comme ta dernière conquête. De me laisser acheter par un bijou. De faire du cinéma pour capter sans cesse ton intérêt pour qu'à la fin, quand je ne te plairais plus, tu me jettes comme un Kleenex. Comme on dit vulgairement, j'ai donné, ça me suffit.

Il la regarda, interdit.

— C'est absurde.

— Tu l'as dit toi-même au Di Fiore. Ton intérêt pour une femme s'émousse très vite.

Il ne répondit pas tout de suite.

— OK. Considère ma curiosité comme satisfaite et passons à autre chose.

Il était vexé. Elle rentra. Il la suivit. Il se déshabilla dans la salle de bains et passa sous la douche. Une bonne giclée d'eau froide allait lui remettre les idées en place.

Il jouait selon ses règles parce que c'était tout ce dont il était capable. Il ne laisserait jamais une femme empiéter sur sa liberté, il ne s'engagerait pas parce qu'il savait la force destructrice d'une vie à deux. Il avait vu son père et sa mère se déchirer. Avoir des hauts et des bas pour finalement se séparer avec fracas.

Se préoccuper vraiment de Chiara, qui pourtant lui plaisait beaucoup, n'était pas, ne serait jamais à l'ordre du jour. Encore moins en ce moment où sa seule obsession était de faire signer ce contrat à Gianni.

Après avoir enfilé un caleçon, pudeur oblige, il se dirigea vers le canapé de la chambre puisqu'il laissait, évidemment, le lit à baldaquin à Chiara. Mais quand il approcha… Stupeur ! Le lit à baldaquin était… vide.

Qu'est-ce que c'était encore que ça ? Rapide tour de la chambre des yeux, Chiara était roulée en boule sur le canapé, une couverture sur elle. Ses cheveux, très noirs, contrastaient avec une taie d'oreiller très blanche. Elle dormait à poings fermés.

Furieux, contrarié, il jura à voix basse. Si elle se figurait qu'il allait la laisser dormir là-dessus, elle le connaissait mal. À pas de loup, il alla vers elle et passa les bras sous ses cuisses. Puis il retraversa la chambre et la déposa sur le grand lit. Elle dormait si profondément qu'elle ne cligna même pas des yeux. Toujours endormie, elle se tourna sur le ventre et enfouit son visage dans le drap, laissant ses fesses à l'air. Quel spectacle ! Pour un homme comme lui, plus ou moins amoureux…

Bien sûr, elle portait un short mais il était très court. Ce n'était pas provocant, c'était adorable. S'il avait osé, il les aurait caressées, ces fesses, il les aurait embrassées, mais avec tendresse. Avec ferveur.

Hochant la tête, il retourna au canapé et s'y installa. Ses pieds dépassaient, évidemment. Et son bras droit pendait sur le côté. C'était tout sauf confortable. Il gesticula pour trouver la bonne position. Pas facile sur un canapé design, donc inconfortable même en station assise, a fortiori pour y passer la nuit.

Il rentra le bras, se retourna de l'autre côté. Ce n'était pas mieux : son sang ne circulait pas correctement dans ses jambes. Et en remuant, il réveilla la blessure au genou qu'il s'était faite au basket.

Les minutes passant, il commença à s'énerver. S'il continuait comme ça, il n'allait pas fermer l'œil de la nuit. Il ne lui restait que quatre heures avant l'entraînement avec l'équipe d'athlètes de classe internationale qui n'allait faire qu'une bouchée de lui. Il était fou d'avoir accepté de jouer.

L'entendant se tourner et se retourner, Chiara finit par se réveiller.

— Mais ? Mais qu'est-ce que je fais là ? dit-elle, se redressant sur un coude.

— Je t'ai mise dans le lit, répondit-il. Rendors-toi.

Il y eut un silence, puis d'une voix endormie, elle appela :

— Lazzero, viens. Le lit est assez grand pour dix !

Il ne se fit pas prier. En deux temps trois mouvements, il quitta le canapé et rejoignit le lit à baldaquin. Pour la laisser tranquille, il s'allongea — à regret — le plus loin possible d'elle, ferma les yeux dans l'espoir de chasser certaines images et sombra dans le sommeil réparateur qu'il appelait de ses vœux.

Chiara rêvait. Un rêve délicieux. Pelotonnée contre un mur dont la chaleur contrastait avec la fraîcheur de la chambre où la climatisation marchait à fond, elle ronronnait de bonheur.

Cherchant le chaud, elle se serra plus fort. Doux sous la main, le mur était dur. Et il bougeait.

— Oh ! dit-elle dans un demi-sommeil.

Une grande main chaude glissa sur sa hanche, la plaqua contre lui puis la hissa sur lui. Elle soupira et se laissa faire ; c'était délicieux de sentir ce corps sous elle et cela faisait une éternité qu'elle n'avait plus goûté à ça.

Du bout des doigts, Lazzero commença à la caresser. Elle avait juste ce qu'il fallait de rondeurs, là où il fallait. Sa peau était soyeuse et elle miaulait comme un chaton. Brusquement, elle se cambra, frissonna. Il releva légèrement la tête pour l'embrasser, la faisant ronronner de plus belle.

Que c'était bon ! Mon Dieu, que c'était bon ! Et excitant !

Maintenant, elle se collait agressivement contre lui, elle se pressait contre son sexe douloureux. La coquine, elle voulait beaucoup plus ! Elle voulait tout.

Dans son demi-sommeil, Chiara gémit. C'était sa faute. Ses caresses, ses baisers, son corps si viril sous le sien… Comment résister ? Il aurait fallu être une nonne !

Gêné par la réaction incontrôlable de son corps sous le sien, Lazzero remua un peu pour se dégager. Comment une femme pouvait-elle être aussi désirable ? Pourquoi Chiara lui faisait-elle un tel effet ? Encouragé par ses miaulements, il empoigna ses fesses et les pétrit, happa sa bouche et la dévora. Ce n'était plus du désir, c'était la faim, vorace, dévastatrice comme le feu.

Jamais aucun rêve n'avait été aussi réel. Et tout allait s'arrêter là.

— Non, fit-elle dans un gémissement, et elle se réveilla complètement.

Oh ! S'appuyant de toutes ses forces sur le torse de Lazzero, elle se redressa, à moitié seulement car il avait les mains sur ses fesses et ne les lâchait pas.

— Lazzero, dit-elle. Lazzero…

Il entrouvrit les yeux.

— Qu'est-ce qui t'arrive ? murmura-t-il, la voix endormie. Tu en as de drôles de façons de réveiller un homme.

Elle s'assit sur ses talons et se passa la main dans les cheveux.

— Tu as profité de la situation, c'est nul !

— Je crois que c'est l'inverse. Je suis de mon côté, c'est toi qui t'es rapprochée. C'était peut-être ton subconscient qui a parlé, après notre baiser d'hier ?

Elle rougit.

— Sûrement pas. Je rêvais. Je ne sais même pas qui j'embrassais.

Il s'adossa aux oreillers et croisa les bras.

— Tu es sûre ? Parce que tu as prononcé mon nom. Deux fois. Je crois même que c'est ce qui m'a réveillé.

Persuadée qu'il plaisantait, elle le regardait sans répondre quand il changea de tête et prit l'air suffisant qu'elle détestait.

— Réveille-toi maintenant, dit-il. Et, au cas où tu serais intéressée, je suis très en forme.

Pour qui la prenait-il ? Révoltée par sa grossièreté, elle sortit du lit et lui lança :

— Sans moi ! Je vais prendre une douche.

Et elle fila vers la salle de bains.

— Froussarde !

Elle ne répondit pas, ne se retourna pas. Il pouvait la traiter de tous les noms, si elle ne gardait pas la tête sur les épaules, si elle ne parvenait pas à contrôler son attirance pour lui, elle était fichue. Son monde n'était pas le sien, ne le serait jamais. Elle ne devait pas perdre cette réalité de vue sous peine d'y laisser des plumes.

En rejoignant dans le carré VIP du stade San Siro les invités, petites amies, épouses et copains des joueurs, Chiara retrouva ses esprits. Tout ce beau monde naviguait dans une sphère où elle n'avait pas sa place. Robes haute couture, parfums de luxe, chaussures de grands chausseurs, tout était de bon goût mais hors de portée de ses finances. Et de ses préoccupations. Dans son modeste jean blanc et son chemisier fuchsia noué à la taille, avec ses baskets blanches, elle regardait, critique mais amusée, la comédie qui se jouait sous ses yeux, sans la moindre envie de prendre part aux conversations. « Vous étiez au Festival de Cannes, évidemment ? » Plus loin : « Avec mon mari, nous sommes allés dîner à Moscou avant-hier. Ah, le caviar de la Caspienne ! Quelle merveille ! » Une autre : « Comme tous les ans, Romeiro et moi avons passé le week-end de Pâques sur le yacht de Rovanof, l'oligarque russe… »

Bien qu'à mille lieues de leurs préoccupations, elle eut un pincement au cœur. Ce n'était pas son milieu et elle ne voulait pas en faire partie, n'empêche, l'exclusion faisait mal. Sans doute ce cirque lui rappelait-il ce qu'elle avait vécu à l'école, quand ses gentilles petites camarades de classe se moquaient de ses vêtements moches et démodés.

Affichant un air distant — à l'école, elle avait eu tout le temps de s'exercer ! —, elle s'assit à l'extrémité d'un gradin. La charmante et pétillante femme de Valentino Calabria, capitaine de l'équipe d'un petit pays européen, s'assit à côté d'elle avec une autre épouse.

— Ne faites pas attention, murmura Pia Calabria. Il faut des années pour être accepté par le clan.

Pia, bavarde impénitente, ne cessa de parler que lorsqu'elle alla chercher de l'eau. Dès son retour, elle recommença :

— Ils sont tous trop beaux, dit-elle, s'éventant avec son sac.

— Dis donc ! Et Valentino ? répondit son amie.

— Eh bien, quoi ? Ce n'est pas un crime d'admirer.

Pia se tourna vers elle.

— Je n'ai pas raison ?

Chiara observa Lazzero, irrésistible en short noir et T-shirt vert. Il s'épongeait le front avec le bas de son T-shirt tout en criant sur ses coéquipiers.

— Le beau Lazzero s'énerve, dit Pia, toujours tournée vers Chiara. Quel homme ! Ces abdos... On pourrait faire rebondir un ballon de foot dessus. Et ces cuisses... C'est fou. Il est à tomber à la renverse ! Pas étonnant que Carolina soit verte de jalousie.

Chiara, perdue dans ses pensées, ne quittait pas le terrain des yeux. Leur baiser avait été incroyable. Lazzero avait raison. Il y avait *quelque chose* entre eux.

« À vingt-six ans, tu es une adulte », lui avait dit Kat. Une adulte peut-être, mais qui n'avait pas de vie. C'était pathétique. Fricoter avec Lazzero, alors ? Elle serait détruite avant même que ce soit fini. Non, mieux valait continuer de vivre seule.

Elle reporta son attention sur le terrain. Tout, plutôt que ressasser. Après une série de passes réussies, l'équipe de Lazzero mit le ballon dans le filet.

— Waouh ! s'exclama Pia. Ils sont bons. Valentino sera invivable si son équipe est battue.

Le jeu prit bientôt fin. Comme elle l'avait promis à Lazzero, Chiara engagea la conversation avec Carolina pour que Lazzero puisse coincer Gianni avant qu'il n'aille déjeuner. Mais leur échange ne dura que quelques minutes et Chiara se retrouva seule.

*Papa, si tu savais*, se dit-elle, irritée.

Aussitôt, elle appela la boulangerie pour s'assurer qu'il allait bien, puis elle chercha Lazzero des yeux. Les joueurs étaient justement là, en bas des gradins. Apercevant Lazzero, elle se figea sur place. Il bavardait avec Carolina. Ébouriffante dans une robe jaune soleil, elle était adossée à un mur et Lazzero lui faisait face, la tête penchée vers elle, une main sur le mur à droite de son visage.

Intime, familière, la conversation semblait animée. Chiara sortit les griffes. Que se disaient-ils ? Carolina essayait-elle de le convaincre qu'elle était prête à quitter Gianni pour lui ? Elle le ferait, cela ne faisait aucun doute.

Agacée d'abriter un sentiment de jalousie, Chiara détourna la tête. Sa réaction n'avait aucun sens. Lazzero et elle, c'était pour jouer. Du cinéma pour tromper les autres. Rien de vrai. N'empêche…

Elle s'éloigna tête baissée, furieuse. Heurta un mur de brique. Releva les yeux. Lucca Sousa, le fameux capitaine brésilien de l'équipe américaine l'avait prise par la taille et l'aidait à se relever, cherchant ce qu'elle avait pu voir qui l'ait tellement contrariée qu'elle fonce droit dans un mur.

— Y a rien à voir, dit-il, ayant repéré Lazzero et Carolina, et tentant d'éloigner Chiara. Tu t'en moques, c'est de l'histoire ancienne.

Justement non. L'histoire n'avait pas l'air si ancienne que ça ! Elle avait même l'air très actuelle.

— Un peu perdue ? demanda Lucca, jetant un coup d'œil aux femmes des footballeurs.

— Je ne fais pas partie du clan.

— Parce que tu ne veux pas, dit-il un peu cassant. Allez, viens… On va taper dans le ballon avant le déjeuner.

Il avait pitié d'elle, c'était humiliant. Et cela faisait mal.

Elle avait déjà connu cette blessure-là, une blessure qui ne cicatrisait jamais.

— Tu as déjà joué ? demanda-t-il.

Elle se réveilla de son cauchemar.

— Un peu. Il y a longtemps. À l'école.

— Tu feras comme tu peux !

Ils commencèrent à shooter. Quelques joueurs et leurs femmes vinrent se joindre à eux tandis que des spectateurs s'agglutinaient en bas des gradins pour assister à cette partie improvisée.

Après un bon quart d'heure, Lucca annonça la fin de la partie.

— On a gagné, dit-il à Chiara qui sauta de joie.

Il la souleva, l'embrassa et lui murmura à l'oreille :

— Ne te retourne pas. Lazzero regarde par ici et il a l'air furieux.

Les joues en feu, encore exaltée par l'exercice, elle lui rendit son baiser.

— Merci mille fois, c'était super.

— T'es douée, tu sais. Allez, va le chercher, maintenant.

Elle partit en direction de Lazzero qui, la voyant arriver, ne décroisa même pas les bras. Il s'était changé, avait passé un jean noir et une chemise claire qui lui allaient incroyablement bien.

— Si on allait déjeuner ? dit-elle, très calme.

— Dans une minute.

Il plongea les mains dans les poches de son jean, le regard brûlant.

— Tu t'es bien amusée, apparemment.

— Oui, il est charmant, ce Lucca.

— Bof ! C'est un play-boy, c'est tout.

— Comme toi ! fit-elle.

— Il te tenait par la taille, je vous ai vus. Je te rappelle que nous sommes censés être fiancés et fous amoureux. Tu pourrais essayer de faire semblant.

Sentant sa colère enfler, elle pointa le menton.

— Évite de flirter avec ton ex, en ce cas. Tout le monde

l'a remarqué, Lazzero. Tu as de la chance que Gianni, lui, n'ait rien vu.

Il se passa la main dans les cheveux.

— Carolina est désespérée. J'ai essayé de limiter les dégâts.

— Moi aussi, figure-toi, car si j'avais voulu, avec Lucca…

Lazzero la toisa, le regard mauvais.

— Tu cherches quoi, Chiara ? À m'énerver ?

Elle prit l'air innocent.

— Pourquoi chercherais-je à t'énerver ? Ce n'est que du cinéma, après tout.

Lazzero essaya de calmer sa colère, à table, avec une bière bien froide, mais rien n'y faisait. Le déjeuner n'en finissait pas, avec des salamalecs, des discours interminables où chacun congratulait l'autre dans l'espoir d'être félicité en retour. Bref, c'était ennuyeux au possible. En fait, il n'avait qu'une envie, mettre son poing dans la jolie petite tête de ce Lucca Sousa. Évidemment, c'était une réaction anormale, mais Chiara ne lui inspirait que des idées bizarres.

Il y avait aussi Gianni. Il avait fini par le coincer avant le déjeuner, mais leur conversation n'avait pas abouti au résultat escompté. Les deux additionnés, il avait de bonnes raisons d'être de mauvaise humeur.

Son dessert avalé, il se leva avant le café.

— Je te retrouve à la sortie, dit-il à Chiara. Je vais rassembler mes affaires.

À la porte, il tomba sur Santo qui sortait du vestiaire.

— Alors, comment ça va avec ta barista ?

— Non, Santo, pas ici.

Il l'emmena dans le couloir, plus tranquille pour bavarder.

— J'ai parlé avec Gianni, dit-il. Il a émis des réserves. Il ne voit pas comment les deux marques peuvent cohabiter. Il dit que nous n'avons pas la même philosophie et blablabla et blablabla. Bref, il n'a pas dit non mais il n'a pas dit oui. On doit se revoir mardi.

— Bon, ce n'est pas fini. Il faut lui montrer les designs qu'on a en préparation.

Lazzero hocha la tête.

— Ils ne me plaisent pas. Ils sont ratés.

Santo changea de tête.

— Écoute, vieux. Tu as un toc avec ton perfectionnisme. Ce n'est pas le moment de jouer au plus malin. Avec Gianni, l'occasion ne se représentera pas de sitôt.

— Avec ces designs-là, on n'a aucune chance. Je suis sûr que ça ne lui plaira pas. Je le connais.

Le regard de son frère se durcit.

— Je te rappelle que ce n'est pas moi qui suis l'initiateur de cette aventure. On a crié trop tôt au monde entier que nous allions devenir la deuxième marque mondiale de vêtements de sport.

— C'est cette analyste qui m'a fichu dedans. Tu le sais. Elle adore me piquer au vif. Cette fois, elle a mis la barre trop haut.

— Tu n'étais pas obligé de suivre. Maintenant, c'est trop tard, il faut continuer. Pas question de rentrer bredouilles. Imagine la tête des investisseurs ! Et les commentaires des journaleux de la presse économique ! Wall Street et compagnie… Tu vois ce que je veux dire.

Les regards des deux frères se soudèrent. Le succès pouvait être comme une étoile filante, ils le savaient. Briller et disparaître…

Lazzero surtout s'en souvenait. Les rêves brisés et les dégâts collatéraux…

Leur père avait été l'un des plus grands gestionnaires de fonds de Wall Street, un preneur de risque qui faisait la pluie et le beau temps et avait fait faire fortune à ses clients. Jusqu'au jour où il avait pris le risque de trop. Persuadé que les plus riches le suivraient, il avait créé son propre établissement. Il se trompait. Il avait tout perdu.

Lazzero connaissait le danger des promesses que l'on ne pouvait pas tenir. Des projets trop ambitieux visant à faire grossir une entreprise trop vite. Comme Santo et Nico, il avait subi les conséquences du ratage de leur père.

Les affres de l'échec. Mais pour Volare, son flair lui disait qu'il avait raison.

— Tu dois me faire confiance. On s'est *toujours* fait confiance. Je peux y arriver, Santo. Je peux faire de nous le numéro deux. Laisse-moi seulement une marge de manœuvre.

Son frère le scruta quelques secondes.

— Je te fais confiance, répondit-il finalement. C'est mon problème, d'ailleurs. Je ne sais pas si ton obsession va nous réussir ou si nous allons nous ratatiner.

— Ça va nous réussir, dit Lazzero. Fais-moi confiance.

# 6.

Quand Lazzero émergea du bureau de sa suite de l'hôtel l'Orientale après plusieurs heures en vidéoconférence avec son équipe de designers de New York, il était environ minuit. L'objectif avait été de se mettre d'accord sur de nouveaux modèles à proposer à Gianni. Le travail n'avait pas encore abouti. Lazzero avait lui en revanche réussi une chose, rester loin de Chiara, une mesure nécessaire puisqu'il était incapable de se contrôler quand elle était dans les parages.

Sans faire de bruit, il traversa le salon puis la chambre. Les draps étaient froissés mais le lit inoccupé. Il y avait de la lumière sur la terrasse. Poussant les larges portes vitrées, il découvrit Chiara, recroquevillée sur le canapé, qui admirait la vue. La lune jetait une lueur éthérée sur la ville mais ce fut le visage de Chiara qui le frappa. Aussi immobile qu'une statue, elle semblait complètement ailleurs.

Elle portait le boxer-short et le débardeur qu'elle mettait pour dormir, était ébouriffée et, s'il n'y avait eu son air triste qu'elle ne cherchait d'ailleurs pas à cacher, il lui aurait donné dix-huit ans.

Son haut, dans une jolie soie très fine moulait ses seins parfaits. De son boxer-short sortaient deux longues jambes bronzées, absolument irrésistibles,

Il retint son souffle. Il avait pris de bonnes résolutions, il fallait qu'il s'y tienne. Chiara lui plaisait mais tant pis.

Sentant sa présence, elle se tourna vers lui. Il y avait dans ses yeux verts une émotion qu'il ne put déchiffrer. De la tristesse, c'était certain, mais ce n'était pas tout. Son regard n'exprimait-il pas aussi un certain désir ? Son appétit de lui n'était-il pas aussi fort que celui qu'il avait d'elle ?

— Alors, dit-elle, tu es satisfait de ce que vous avez fait ?

Il hocha la tête.

— L'équipe continue à chercher.

Il prit le carnet à spirale posé à côté d'elle et s'assit.

— Tu n'arrivais pas à dormir ?

— J'avais la tête comme une citrouille.

Pourquoi donc ?

Il baissa les yeux sur le carnet, un carnet à dessin, ouvert sur le croquis d'une robe.

— Qu'est-ce que c'est ?

— Rien. Enfin si, une robe. J'aime dessiner des vêtements. C'est mon passe-temps.

Elle voulut le reprendre mais il l'en empêcha.

— Tu sais, j'aime beaucoup ce que tu dessines. Tu as pris des cours ?

— Oh ! quelques semestres à Parsons.

Il la regarda, étonné.

— Et tu n'as pas poursuivi ?

— Non, mes parents avaient besoin de cet argent pour la boulangerie. Mais peu importe. De toute façon, il y a beaucoup d'appelés et peu d'élus. Ce n'était pas réaliste.

Il referma le bloc et le lui rendit.

— Ce qu'il y a de meilleur dans la vie est toujours le plus difficile à atteindre. Qu'aurais-tu fait si tu avais continué ?

— Du stylisme. Du prêt-à-porter abordable. Je tiens ce goût pour la mode de ma mère.

Elle plia les jambes et posa le menton sur ses genoux.

— Mon père trouvait ça futile. Il disait « c'est un luxe inutile ». Il n'avait pas tort, le luxe est inutile mais les belles choses sont agréables à regarder même si on ne peut pas se les offrir.

Un nuage de tristesse voila son regard.

— Ma mère, dit-elle, m'achetait ce qu'elle pouvait, par manque de moyens. Heureusement, c'était une excellente couturière. Le soir après dîner, quand la boulangerie était fermée, elle nous préparait une tisane, on étalait les patrons par terre et on taillait, et on cousait. Elle était incroyable. Elle savait tout faire. C'était magique. Les morceaux qui s'assemblaient, les essayages. Parce que c'était tout pour moi, bien sûr.

Elle se tut.

— Et puis elle est morte, murmura Lazzero.

— Oui, mon père…

Elle s'arrêta, semblant chercher ses mots.

— Il n'a plus jamais été le même. Il est devenu sombre, il était perdu sans elle. Il l'adorait. Il a quand même réussi à faire tourner sa boutique mais je ne le laissais jamais seul. J'avais peur qu'il fasse une bêtise. Par désespoir. Au lieu de sortir avec mes amis, je restais à la maison m'occuper de lui. J'en ai profité pour coudre pour moi. Je ne regrette rien.

Le ton était si triste, elle devait avoir quelques regrets, quoi qu'elle en dise.

— Il devait en vouloir à la terre entière, dit-il. Pas à toi, bien sûr. Mais à la maladie qui lui volait ta mère.

L'évocation de la maladie raviva une blessure qu'il n'avait jamais surmontée.

— Tu étais comme ça avec ton père ? lui demanda-t-elle.

Il hocha la tête. La différence, dans le cas de son père, c'était que sa maladie aurait pu être évitée. Elle n'en avait été que plus difficile à accepter.

Chiara regarda de nouveau Milan, dont les lumières scintillaient dans la nuit.

— Le design est devenu une idée fixe. Mon obsession. Ma façon de narguer les pestes qui se moquaient de mes vêtements à l'école. Parce qu'ils n'étaient pas siglés. Il m'est arrivé d'en acheter dans des dépôts-ventes et de les customiser, pas pour suivre la mode, pour en faire ce que *moi* j'aimais. Finalement, ces filles qui s'étaient bien moquées de moi, tu sais ce qu'elles ont fait ? Elles m'ont demandé de leur coudre des trucs !

— Et tu as accepté ? Après toutes les misères qu'elles t'ont faites ?

Elle hocha la tête.

— Oui, parce que la colère ne règle rien. Je n'oublie pas mais je pardonne, c'est différent et je crois que c'est mieux.

Sa maturité, sa sagesse le frappèrent. Elle était jeune pour raisonner de la sorte. Mais, il était bien placé pour le savoir, c'était une force que l'on développait quand on se retrouvait livré à soi-même. Couler ou nager. Se protéger à tout prix. S'armer contre les autres. Mais lui, contrairement à Chiara, avait ses frères. Elle, elle n'avait personne.

Pour la première fois, il se demanda ce que ses frères avaient pu éprouver en voyant leur père devenir, après le départ de leur mère, ce personnage distant et pratiquement méconnaissable. Nico avait quinze ans, à l'époque. C'était dur, à cet âge, d'être obligé de quitter l'école, de tirer un trait sur ses rêves pour s'occuper de sa fratrie.

Comment Chiara, elle qui n'avait aucun soutien, pouvait-elle être aussi forte ?

Il prit la main de Chiara et la posa sur sa cuisse. Ses doigts étaient petits, menus. Ils semblaient si fragiles alors qu'elle était si forte.

— Il faut que tu reprennes des cours, dit-il.

— Je suis trop âgée maintenant.

— Tu plaisantes ! Tu n'as que vingt-six ans, voyons ! Tu as l'avenir devant toi.

— Dit l'homme qui a introduit Supersonic en Bourse à vingt-cinq ans !

— Ne te compare pas toujours aux autres, Chiara. Santo et moi, on avait Martino, notre grand-père, pour nous guider. Et Nico, qui n'est pas non plus un idiot. Mon grand-père et mon père travaillaient ensemble à Wall Street. C'était les agents de change les plus doués. Rivaux mais les meilleurs amis.

— C'est là que ton père a commencé à boire ? Ils ont une telle pression dans ce métier, ils mènent une vie de malades !

— Oui, c'est là que ça a commencé. Mon père était un peu léger. Intelligent mais… léger. C'est le mot. Comme Martino. Ils s'étaient juré qu'ils arrêteraient, fortune faite. Martino a tenu parole, il l'a fait. Il a fondé Evolution avec sa femme, Juliette, et ça roule. Mon père, lui, aimait trop la vie sur un grand pied. C'est tentant, je reconnais. Ma mère ne lui a pas facilité la tâche. Le strass et les paillettes, ça lui plaisait aussi. Les grands restaurants, les soirées, les voyages, elle dépensait l'argent comme si c'était de l'eau. Sans compter. Quand Martino, finalement, a convaincu mon père d'arrêter, ce dernier a voulu lui démontrer qu'il pouvait faire encore plus et encore mieux que lui. Il a parié la banque et toutes ses économies sur une start-up qu'il avait créée avec un client et qui n'a jamais décollé.

— Et il a tout perdu, conclut-elle. Martino n'a pas essayé de l'aider ? De le sortir de là ?

— Il a tout essayé.

Comme ses fils l'avaient fait, eux aussi. En vidant les bouteilles dans l'évier. En les cachant, les jetant. Nico emmenait son père aux Alcooliques Anonymes tous les jours avant d'aller à ses cours du soir. Rien n'y avait fait.

Elle le regardait, navrée par cette descente aux enfers.

— Quand Martino vous a-t-il pris sous son aile ?

— Après les obsèques de mon père. Mon père était tellement humilié qu'il ne voulait plus voir Martino. Évidemment, son père avait réussi là où lui avait échoué. Il a refusé qu'il l'aide. Leur relation était devenue compliquée, tu t'en doutes.

Comme elle ne répondait pas, il la regarda. Elle était perdue dans ses pensées.

— Chiara ?

— Ah, oui. Je me demandais…

Elle soupira.

— Je me demande parfois si mon père ne s'est pas, en quelque sorte, retiré du monde après la mort de ma mère parce que je la lui rappelais trop.

— Non. Tu n'es pas responsable. Les personnes dans la peine s'enferment dans leur chagrin. C'est tellement profond qu'elles ne peuvent plus remonter la pente. Elles essaient, mais parfois c'est au-dessus de leurs forces. Elles tentent de refaire surface mais les quelques mètres qu'il leur reste sont infranchissables.

Elle cligna des yeux.

— Ton père n'a pas pu s'en sortir ?

Il hocha la tête et, pour la première fois, comprit à quel point il lui en voulait. Son père avait toujours été un surhomme à ses yeux, son héros. Qu'il n'ait pas eu la force de vaincre une maladie qui avait détruit son enfance le décrédibilisait à ses yeux. Tout comme son égoïsme qui lui avait fait placer son orgueil, puis son dépit, avant ses fils. À ceux qui avaient créé la culture de la cupidité à tous crins, son père n'avait pas eu la force, ni le désir, de résister.

— Tu ne peux pas t'en vouloir, lui dit-il, si ton père a été incapable de te faire passer en premier.

— Si, financièrement il a fait ce qu'il a pu, dit-elle.

Elle le défendrait toujours, bec et ongles.

— Mais tu avais aussi besoin d'affection. C'est important pour une fille de quinze ans. Et ça, il ne te l'a pas donné.

Elle se mordilla les lèvres.

— Je ne lui ai peut-être pas donné ce dont il avait besoin. Il était tellement perdu. Je ne savais plus quoi faire. Je n'arrête pas de me dire que, peut-être, si je l'avais aidé, si j'avais fait *quelque chose*, il ne serait pas comme il est. Un mort vivant. Comme s'il préférait ne pas vivre.

Les yeux embués de larmes, elle renifla.

— Chiara, dit-il doucement, l'attirant à lui. Ne te reproche rien. Tu ne feras pas son bonheur malgré lui. C'est à lui de réagir.

— Mais s'il ne réagit pas ?

— Alors, sois là pour lui. C'est tout ce que tu peux faire.

La sentant tendue, il crut qu'elle allait se dégager de ses bras. Au contraire. En soupirant, elle se blottit contre lui. Ses cheveux — doux comme de la soie — lui chatouillaient le menton. La nuit les enveloppait dans son silence. C'était l'harmonie.

Le moment était tellement tendre, tellement irréel qu'il ne bougea pas, de peur de rompre la magie.

Il repensa au baiser qu'ils avaient échangé le matin, quand Chiara était à demi réveillée, et il fut fier d'avoir su résister à son envie de la posséder mais regrettant l'abstinence qu'il s'imposait depuis des mois.

Il prit son menton dans sa main et tourna son visage vers lui. Elle avait encore des larmes accrochées aux cils mais son regard était une invite.

— Lazzero, murmura-t-elle.

Il la prit dans ses bras et l'emmena à l'intérieur. Arrivé dans la chambre, il la laissa glisser contre lui pour la reposer à terre. Ce mouvement provoqua en lui un désir quasiment incontrôlable. Mais non, il ne devait pas profiter de la vulnérabilité de Chiara. De la confiance qu'elle lui témoignait en restant blottie contre lui. C'était trop facile.

Il avança la main pour remettre une mèche de ses cheveux derrière son oreille et fit remarquer qu'il était tard.

— Tu devrais aller dormir.

Pivotant sur ses talons, il partit vers le bureau pour continuer à discuter avec ses équipes de New York et, surtout, ne pas revenir sur sa décision et risquer de succomber.

Il avait un problème. Un gros problème. Il allait devoir y réfléchir sérieusement.

Chiara, toujours soumise au décalage horaire, se réveilla tard, l'esprit encore troublé par l'intimité du moment passé avec Lazzero sur la terrasse. Se relevant sur un coude, elle nota que l'autre moitié du lit n'avait pas été touchée. Il n'était donc pas venu la rejoindre. Rien d'étonnant vu la façon dont il l'avait quittée la veille au soir.

L'estomac noué, elle se libéra de la couette d'un coup de pied — il faisait très chaud dans la chambre — et regarda dehors. Ciel bleu sans nuages, la journée promettait d'être belle. Dommage, elle ne se sentait pas en harmonie avec la beauté extérieure.

La veille au soir, elle avait dérapé. Pas beaucoup, un peu. Elle allait demander à Lazzero de l'excuser. Elle avait eu un moment de faiblesse. Lazzero avait semblé la comprendre. En tout cas, il s'était montré très attentionné. Cela l'avait même surprise.

Elle se mordilla les lèvres. Elle s'était confiée à lui. Elle lui avait livré ses espoirs, ses rêves. Au lieu de les balayer comme l'avait fait son père : « Regarde ta mère ! Elle vivotait de sa couture jusqu'à ce qu'elle me rencontre. » Ou Antonio : « La compétition est féroce dans ce métier, tu seras noyée. », Lazzero l'avait encouragée. Il avait même suggéré qu'elle se remette aux études.

Évidemment, dans le monde de Lazzero, on pouvait se permettre des fantaisies. Elle, elle ne pouvait pas. Elle avait son père et sa fichue boutique ! Ils avaient cruellement besoin d'argent. Elle avait mal jugé Lazzero au départ. Elle l'avait assimilé à Antonio, qui était né une cuillère d'argent dans la bouche, et usait et abusait du pouvoir et des privilèges que lui octroyait sa fortune. Lazzero était différent. Malgré les graves traumatismes de son enfance, il était devenu l'un des hommes d'affaires les plus puissants du monde. C'était un survivant. Comme elle.

Cela le rendait d'autant plus attirant et expliquait beaucoup de choses, pourquoi il était tel qu'il était, avec parfois des sautes d'humeur insensées. Les aléas de son passé expliquaient aussi son besoin d'aider les autres — lui qui n'avait pas pu aider son père — et sa générosité.

Et puis il y avait eu la soirée de la veille. Il aurait pu profiter de leur attirance réciproque — évidente mais tacite — pour la persuader de coucher avec lui. Au lieu de cela, il l'avait laissée tranquille. Antonio, lui, faisait tout le contraire à grands coups de champagne et de promesses.

Une fois debout, elle fila dans la cuisine. Une bonne dose de caféine lui ferait du bien. De l'eau dans la machine, une capsule, une tasse dessous et *hop !* Un café bien noir se mit à couler.

À cet instant, Lazzero entra. Pressé comme toujours, en jean et T-shirt, il n'était pas souriant.

— Fais-m'en un, tu veux bien ?

Le ton la fâcha.

— Tu pourrais dire, suggéra-t-elle, le menton pointé, « S'il te plaît, Chiara, aurais-tu la gentillesse de m'en faire un. J'en ai vraiment besoin. »

— OK, dit-il, tout ça.

Elle lui prépara une tasse.

— Tu es resté debout toute la nuit ?

Visiblement agacé, il se passa une main nerveuse dans les cheveux.

— Les dessins ne vont pas. Et j'ai rendez-vous avec Gianni mardi.

Elle but une petite gorgée de café.

— J'ai une idée.

— À propos de quoi ?

— De Volare. Fiammata ne vend pas des chaussures, elle vend du rêve. Un style de vie. La possibilité de voler, quel que soit ton âge ou ton niveau sportif ou même ta forme physique. Vos dessins, dit-elle en prenant un des croquis qu'il avait abandonnés sur le comptoir, ne reflètent pas cette promesse.

Il la regarda avec une admiration teintée de scepticisme.

— Tu as peut-être raison. Ce qu'ils proposent ne fait pas rêver. Que ferais-tu, toi ?

Elle alla chercher son bloc dans la chambre et commença à dessiner.

— Regarde. Que penses-tu de ma chaussure de jogging ?

— Ton dessin est plus ambitieux que ceux de mes designers, dit-il, apparemment conquis, mais je pense que nous pouvons aller encore plus loin. Qu'est-ce que tu penserais de lui mettre des ailes ? Le concepteur a parlé d'aérodynamisme.

Elle crayonna.

— Comme ça ?

Il l'étudia.

— C'est peut-être trop. Trop éthéré. Il faut que ce soit à la fois réel et…

— … irréel. D'accord. Tu es toujours aussi perfectionniste ?

Il posa sur elle un regard brûlant.

— Dans mon métier, c'est une qualité, crois-moi.

La tête penchée, elle fixa son dessin. Ils en discutèrent, il l'exhortait à aller plus loin, à se surpasser. Ils finirent par arrêter d'ergoter. Elle avait une crampe à la main et se massa tandis qu'il examinait le croquis sous toutes les coutures.

Si cette version ne lui allait pas, qu'il aille voir ailleurs. Ou qu'il le fasse lui-même.

Il hocha doucement la tête.

— J'adore, dit-il en la regardant. Tu es incroyable, Chiara. Ton croquis est fantastique.

Le compliment lui alla droit au cœur, elle sourit.

— Ça te dérange, si je demande à mon équipe de New York de jouer autour de ton idée ? On verra ce qu'ils en font.

— Bien sûr, vas-y.

Il s'approcha, baissa la tête et lui effleura la joue de ses lèvres. Sa barbe naissante la piqua, mais ce contact, viril, érotique, l'excita.

Le bout des fesses au bord du comptoir, elle le regarda s'en aller.

— Oh ! Chiara ?

Son sang ne fit qu'un tour. Elle plaqua la main sur sa poitrine.

— Oui, Lazzero ?

Un sourire malicieux retroussa ses lèvres.

— Tu fais un super expresso.

# 7.

— *Santo cielo.*

Aveuglée par la lumière du soleil qui inondait le stade San Siro, Pia mit sa main en visière sur son front. L'arbitre venait d'annoncer deux minutes de prolongation. Le match était serré, les deux équipes tendues, les supporters déchaînés.

— Je ne veux pas voir ça, dit la nouvelle amie italienne de Chiara. Valentino sera fou si ça se termine par des tirs au but.

Chiara, bien contente de l'avoir comme alliée dans la place, ne la contraria pas. Mais le match comptait aussi beaucoup pour Lazzero, car les recettes, si son équipe gagnait, seraient reversées à l'œuvre de bienfaisance qu'il soutenait.

Sa générosité ne l'empêchait pas de mener en parallèle une vie mondaine très active, mais toujours à condition qu'elle serve les intérêts de son entreprise. Il y avait eu le dîner des correspondants étrangers le samedi, des cocktails à l'ambassade britannique, des dîners encore où il rencontrait le gratin du monde de la mode. La veille, une soirée avec le plus grand revendeur de prêt-à-porter avait eu lieu dans un restaurant huppé où la moindre bouteille de bordeaux coûtait son salaire mensuel, avait noté Chiara.

Elle se mordilla les lèvres. Les mains moites et le cœur battant, elle suivait les actions de Lazzero. Il prenait le ballon sur la ligne de touche et hurlait des instructions à ses équipiers. Il shoota. Trois passes, nettes, s'ensuivirent, la dernière de Lazzero à Lucca, et le ballon rebondit contre le filet.

La foule enthousiaste se leva en hurlant, Chiara la première. Nouvelle tentative des adversaires, ratée, et l'arbitre sifflait la fin.

Pia se tourna vers Chiara.

— Pour ce qui est des câlins au lit ce soir, c'est *nein* ! Toi en revanche, il faut que tu descendes sur le terrain. C'est la tradition de la Coppa Estiva d'embrasser les vainqueurs. Les télévisions adorent.

Après s'être fait prier, Chiara se résigna. Les épouses et petites amies des joueurs étaient déjà en bas, il ne fallait pas qu'elle se fasse remarquer par une attitude incohérente. Ils étaient fiancés, non ? Laissant son sac à Pia, elle descendit les gradins et se dirigea vers Lazzero qui la regardait approcher.

Avec ses cheveux plaqués en arrière, son T-shirt trempé de sueur et son visage de sportif exténué, il était magnifique.

Elle s'arrêta devant lui, se hissa sur la pointe des pieds et l'embrassa du bout des lèvres.

— Bravo, dit-elle. Tu as joué comme un dieu.

Il prit son visage dans ses mains, chuchota « Je pense qu'ils s'attendent à plus que ça », et, la main plaquée sur son dos, la bascula en arrière. Se penchant alors vers elle, il s'empara de sa bouche.

Surprise, elle voulut se redresser et, pour s'aider, se raccrocha à son cou. Aussitôt les flashs crépitèrent. Elle entendit des « oh ! » et des « ah ! » et des applaudissements… C'était du délire. Elle n'avait pas voulu cela.

Étourdie, décontenancée, elle se laissa embrasser et, quand il mit fin à son baiser, vacilla.

Aveuglée par le soleil, elle ne voyait plus rien. Seule lui parvenait la rumeur de la foule, enchantée par leur exhibition.

Encouragé par les spectateurs ravis de leur démonstration, Lazzero se pencha de nouveau vers elle. Elle perçut son souffle, puis sa bouche qui se posait près de son oreille.

— J'ai failli croire que c'était vrai, dit-il tout bas.

Lucca qui passait, suivi de ses admiratrices, ne put s'empêcher de lui adresser un compliment.

— Tu es superbe, *querida*. Comme toujours.

Lazzero se rembrunit.

— Je peux encore te mettre mon poing dans la figure, Sousa.

Amusé, Lucca poursuivit son chemin vers la télévision brésilienne qui voulait l'interviewer.

Chiara regarda Lazzero. Il respirait plus calmement.

— Comment s'est passé ton rendez-vous avec Gianni ?

Un immense sourire éclaira son visage.

— Il a adoré. C'est en grande partie grâce à toi. Il nous invite vendredi soir à dîner pour discuter du partenariat.

Elle sourit.

— C'est formidable. Félicitations.

Il prit la serviette qu'il avait balancée sur son épaule et s'épongea le front.

— Pour te remercier, je t'invite à dîner. On va fêter ça.

— Avec l'équipe ?

— Non, juste nous, dit-il d'un ton dégagé. Je pense que tu en as assez, des mondanités. Au fait, j'ai une surprise pour toi.

Une surprise ? La fin des mondanités ? Si c'était cela, elle prenait !

— Je dois m'habiller ?

Il haussa les épaules.

— Mets quelque chose de sympa, une de tes robes, si tu veux. Ce soir, on est entre nous.

Lazzero regrettait sa suggestion…

Chiara et lui patientaient sur le tarmac de l'aéroport de Milan. C'était la fin de l'après-midi et le soleil chauffait encore. Chiara portait une robe d'un délicat rose poudré qui battait au vent. La coupe, originale, laissait ses épaules nues. Le tissu, de la soie apparemment, était si léger que Chiara semblait enveloppée dans une étole plutôt que dans une robe.

Le vêtement lui arrivait à mi-cuisse et découvrait d'interminables jambes nues. Elles le faisaient rêver, ces jambes, depuis le premier jour où il les avait vues. Il en rêvait le jour, la nuit, les imaginait serrant ses reins pendant qu'il la pénétrait, faisant craquer le carcan pudibond dans lequel elle étouffait.

Chiara lui jeta un regard en coin.

— Tu m'as dit de porter ce que je voulais, on est bien d'accord ?

— Absolument. Et tu es superbe.

Elle avait monté les marches et entrait dans l'avion.

— Ravie qu'elle te plaise, dit-elle tout sourire. C'est une de mes créations.

Son sourire, qui aurait éclairé tout Milan, le fit fondre. Il comprit alors qu'il était perdu. Il l'avait su, en fait, dès qu'il avait connu son histoire qui expliquait tout, son besoin féroce d'indépendance, son courage pour affronter les misères de la vie. Il le comprenait d'autant mieux qu'il avait souffert, comme elle.

La différence entre Chiara et lui, c'était qu'il laissait glisser, ce qu'elle ne parvenait pas encore à faire.

Ils prirent place côte à côte dans l'avion qui roula sur la piste et décolla.

Ils se dirigeaient vers les Pouilles, une région sauvage de l'Italie, connue pour son soleil, sa mer, et pour être encore préservée du tourisme de masse.

— Ce que c'est beau, s'exclama Chiara comme ils atterrissaient dans le Salento, péninsule du talon de la botte italienne perchée au sommet de hautes falaises sculptées par l'Adriatique.

— J'ai un ami qui habite ici, dit Lazzero. Donne-moi la main pour descendre. Avec tes escarpins, j'ai peur que tu tombes.

Le vent de mer souleva la robe de Chiara, attirant le regard d'un employé de l'aéroport qui s'arrêta, l'œil allumé.

— Tiens ta robe, dit Lazzero en plaquant la main sur la cuisse de Chiara. Tu vois bien qu'elle s'envole.

Elle rougit.

— C'est le vent. Si j'avais su que nous prenions l'avion pour aller dîner, j'aurais mis autre chose.

Cela aurait été très triste. Elle était tellement séduisante dans cette robe légère, que le soleil couchant enveloppait d'une douce lumière dorée.

— Tu peux enlever ta main, dit-elle brusquement. Nous ne sommes plus en représentation.

— La force de l'habitude, répondit-il joyeusement. Ne joue pas les effarouchées, Chiara. On peut se tenir la main, on ne fait rien de mal.

Il ne faisait rien de mal, mais ce n'était pas l'envie qui lui manquait. S'il avait pu l'emmener dans une venelle et lui faire ce qui lui trottait dans la tête… Il essaya de se calmer.

Elle laissa sa main dans la sienne.

Creusé dans les roches calcaires, l'hôtel Nascondiglio se dressa bientôt devant eux près du front de mer. Non loin de là, des plongeurs téméraires sautaient du haut de la falaise.

— Tu les vois ? dit-elle. Ils sont fous.

Il haussa les épaules.

— Ils ne risquent rien. C'est profond à cet endroit.

— Moi, je n'oserais pas. Et toi ?

— Il suffit de faire le pas. Tu sautes sans réfléchir, et tu verras qu'ensuite, une fois que tu l'auras fait, tu en sortiras grandie, plus forte et plus sûre de toi. C'est ça la vie, Chiara, une histoire de confiance en soi.

— J'espère que nous avons une table avec vue sur la mer, dit Chiara en entrant dans le restaurant de l'hôtel.

D'un signe de tête, Lazzero lui montra une table pour deux, libre, près des grandes baies vitrées.

— Je pense que c'est celle-là, dit-il.

Le maître d'hôtel s'approcha, les salua et les emmena vers la table en question. Chandelles, bouquet, vaisselle raffinée, le décor ne pouvait être mieux planté.

Ils s'assirent. Lazzero prit tout de suite la carte des vins et commanda un barolo sans même lui demander ses préférences, parce qu'un rendez-vous avec lui devait se passer comme cela. La femme avec laquelle il sortait devait sentir qu'elle n'avait rien à faire que de se laisser entièrement porter. Dans le fond, ce n'était pas si désagréable, songea Chiara.

— Alors, dit-il, parle-moi un peu de ta vision de la mode urbaine.

— Ce qui m'a poussée dans cette direction, dit-elle, c'est un constat. La plupart des jeunes femmes, à New York, n'ont pas les moyens de s'offrir ce qu'elles aimeraient. Elles sont comme moi, elles veulent exprimer leur personnalité à travers leurs vêtements mais il faut quand même garder quelques subsides pour manger.

Il avança son verre et le fit tinter contre le sien.

— OK, j'ai compris, tu crées. Mais tu vends comment ?

— En ligne. Je crée un site, j'alimente mon blog et je redirige mes *followers* vers les boutiques, qui me versent un tant pour cent.

— Tu as raison, c'est la tendance aujourd'hui. Peu de frais généraux, pas de pub, pas de personnel.

Il fit tourner le vin rouge dans son verre.

— J'ai parlé avec Bianca, ma designer senior, ce matin. Elle m'a confirmé qu'elle te trouvait un talent fou.

Le compliment lui alla droit au cœur.

— C'est très gentil.

— Ce n'est pas une tendre. Si elle le dit, c'est qu'elle le pense. Elle anime un incubateur dédié à la mode à Manhattan. Tu en as sans doute entendu parler ?

Elle hocha la tête.

— Bien sûr. Un vivier bourré de nouveaux talents. C'est là que les grandes maisons de couture repèrent leurs futurs créateurs.

— J'ai parlé de ton histoire à Bianca. Elle veut te rencontrer. Autour d'un café.

Étonnée par cette démarche, elle écarquilla les yeux.

— Il faut que ça t'intéresse, bien sûr, dit-il. Que tu vois si tu t'intégrerais bien au groupe. C'est sans garantie, évidemment, mais Bianca a le bras long.

— C'est impossible, Lazzero, répondit-elle, vaincue d'avance. Même parmi les plus talentueux, nombreux sont ceux qui restent sur la touche.

— Ils cherchent des jeunes avec une vision. Tu en as une.

Il hocha la tête.

— Une occasion pareille ne se refuse pas. Ça ne mènera peut-être nulle part. Mais, au moins, tu auras essayé.

Elle se mordit l'intérieur de la joue. Elle n'avait fait que crayonner, ces dernières années. Et si elle avait perdu la main ? Et si elle n'avait plus d'inspiration ?

— Ça ne sera qu'un café, dit-il, insistant.

Elle hocha la tête, un peu perdue, but une gorgée de vin. S'il avait parlé d'elle à une femme compétente, c'était qu'il croyait en elle. Elle se rengorgea. Lazzero l'avait aussi invitée à donner son opinion sur les croquis réalisés par ses designers, avait aimé son intervention. Il l'appréciait pour ce qu'elle était. Quelqu'un avait-il, un jour, montré le dixième de cet intérêt pour ce qu'elle faisait ?

C'était peut-être un play-boy, comme Antonio, mais la similitude s'arrêtait là. Lazzero la fascinait ; sa personnalité était complexe. Il avait été franc avec elle. Il lui avait dit qui il était et qu'il n'avait rien à offrir à une femme. Avec son assurance teintée de rouerie, Antonio s'était bien gardé de le lui dire.

Elle revint à l'instant présent. Lazzero lui avait pris la main et la serrait sous la sienne. Plus bas, les vagues déferlaient contre la falaise. Lazzero parlait politique, sport, de ces athlètes milliardaires qui, disait-il, « ne gagnent plus un match parce qu'ils n'ont pas faim ». Par moments, il la regardait avec un drôle de regard, troublé et troublant, indéchiffrable. À quoi pensait-il ? Tout cela était étrange. Difficile à interpréter, se dit Chiara, elle-même troublée par le contact de sa main. Mais elle n'était plus d'humeur à analyser.

C'était tout réfléchi. Elle ne voulait plus se sentir morte en dedans. Elle était prête à tenter le tout pour le tout avec Lazzero. À vivre avec passion. Ne plus regarder en arrière, ne plus tergiverser. Parce qu'elle n'était plus la même. Elle était plus dure. Plus avisée. Et elle savait ce qu'elle voulait.

— J'ai une question, dit-il soudain, le regard assombri. Quand vais-je avoir droit à un petit baiser ?

— Oh ! Lazzero !

— Si tu as fini ton dessert, on s'en va, dit-il.

Il fit signe au serveur qui apporta l'addition… et quelque chose qu'elle ne vit pas bien.

Ils se levèrent et, louvoyant entre les tables, sortirent du restaurant. Il semblait impatient, pressé.

— Mais… Où vas-tu ? dit-elle, le voyant se diriger vers les ascenseurs. On ne va pas à la voiture ?

— Non.

Les portes de l'ascenseur coulissèrent. Il la poussa devant lui et s'engouffra à son tour. Ils montèrent. L'air dans la cabine devint irrespirable. Une fois sortis, il lui prit la main et, à grandes enjambées, remonta le couloir avec elle. Il n'y avait apparemment qu'une seule suite à ce niveau.

Lazzero s'arrêta devant l'unique porte mais, au lieu d'introduire la clé dans la serrure, la plaqua brutalement contre le mur et confisqua sa bouche. Surprise, elle eut un sursaut mais n'esquissa pas un geste pour se dégager. D'ailleurs, il avait empoigné ses cheveux et la maintenait fermement. Brusquement, le regard affolé, presque hagard, il bascula la tête en arrière et la fixa.

— Dis-moi que c'est ce que tu veux, Chiara. Tu es tellement belle. Réponds-moi. C'est ce que tu veux, n'est-ce pas ?

Il ne la laissa pas répondre, il inclina la tête et reprit sa bouche.

Excitée par son ardeur, par le goût de sa bouche sur la sienne, dans la sienne, par son corps qui la plaquait au mur, si long et si dur contre elle, elle répondit avec la même fougue à ses baisers. Elle avait envie de ça, elle voulait revivre ça. C'était fou de vouloir ça à ce point.

À son tour elle empoigna sa chemise et la froissa entre ses doigts. Toute à sa folie, elle avait fermé les yeux et ne pensait plus à rien sauf à cet homme qu'elle désirait sans réserve parce qu'elle savait qu'elle pouvait lui faire confiance.

Elle le repoussa un peu pour reprendre son souffle et rouvrit les yeux. Du bout des doigts, elle lui caressa les lèvres puis lui mit un doigt dans la bouche. Il le suça et le mordit. Il y avait de l'urgence et beaucoup de fièvre dans ses yeux noirs, il ne respirait plus, il haletait. Il la lâcha pour mettre la clé dans la serrure, mais il était fébrile et sa main tremblait. La porte finit par s'ouvrir. Chiara hoqueta comme il la soulevait dans ses bras et lui enroulait les jambes autour de ses reins. Puis il entra et, d'un violent coup de pied, claqua la porte.

Son désir trop longtemps contenu s'était décuplé en une soudaine frénésie, et Lazzero plaqua de nouveau Chiara contre le mur de leur suite. Passa la main sous sa robe, entre ses cuisses, sous son string en soie et, avec les doigts, la fouilla. Il avait lâché sa bouche, sa langue courait sur son cou, sa gorge. Il voulait tout. Chaque centimètre de sa peau, son souffle, son désir. Elle gémit. Se mordit les lèvres.

— Oh ! Lazzero ! Oh oui ! supplia-t-elle.

— Tu aimes ? lui demanda-t-il, la voix déformée par le désir. Tu aimes comment ?

— J'aime, gémit-elle. J'aime. S'il te plaît…

Il lança alors une bordée de jurons. S'il n'arrêtait pas tout de suite, il serait en elle dans deux secondes et ce n'était pas ce qu'il voulait. Il inspira profondément. Desserra ses jambes qui lui enserraient de plus en plus étroitement les reins et la posa à terre.

Interdite, frustrée, ne comprenant pas, elle le regarda, ses yeux verts débordant de désir.

— Doucement, murmura-t-il, la voix rauque. Doucement, Chiara. Sinon, dans trois secondes tout sera fini.

Un lit immense occupait le centre de la suite. Lazzero s'y assit et serra Chiara debout entre ses cuisses.

— Que tu es belle ! J'ai envie de toi comme un fou. J'ai la tête prête à exploser à cause de toi. Je veux tout de toi, je ne sais pas par où commencer.

Les mains tremblantes d'impatience, elle défit sa chemise, la sortit de son pantalon et posa les mains sur son torse.

— Je suis folle, dit-elle comme pour elle-même.

Il ôta sa chemise, la jeta à terre, prit Chiara par la taille et la fit se retourner. Abaissant la fermeture à glissière de sa robe, il la fit tomber en corolle à ses pieds. Elle l'envoya valser d'un coup de pied et apparut dans sa semi-nudité. Il recommença à la caresser.

— Comme ça ? demanda-t-il doucement, passant les pouces sur ses mamelons tendus.

Elle haleta.

— Tu veux plus ? murmura-t-il. Montre-moi où.

Submergée par une vague de chaleur, elle gémit son nom.

— Montre-moi, dit-il de nouveau, excité de la voir offerte, sans retenue.

Elle se mordilla les lèvres. Montra le bas de son ventre à peine couvert par son string rose.

— Tu veux que je te touche ? Là ?

Elle acquiesça de la tête. Il y glissa les doigts. Sa toison était toute douce, et très mouillée.

— Tu es comme du miel, murmura-t-il, prenant sa bouche. Du miel liquide et chaud.

Excitée, elle gémit dans sa bouche.

— Tu aimes ça ? dit-il exalté par le plaisir qu'il lisait sur son visage. Dis-moi que tu aimes.

— Encore, chuchota-t-elle en se cambrant. Encore…

Il glissa plus profondément. Sa chair veloutée autour de ses doigts était d'une volupté indicible.

— C'est ça, l'encouragea-t-il. Montre-moi, bébé. Prends ton plaisir.

Elle ferma les yeux.

— Lazzero…

Il enfonça les doigts plus profondément, lui arrachant un cri. Et elle tomba dans ses bras.

Chiara ne savait plus. Était-elle restée une minute, une heure ou une éternité dans cet état de demi-mort ? Quand elle revint à elle, les yeux brillants de Lazzero lui apprirent qu'il avait aimé la voir s'abandonner. Impudique. Comblée.

Il lui avait donné du plaisir mais lui-même n'en avait pas pris, preuve du contrôle qu'il avait sur lui.

Ce n'était pas juste. Il méritait le même plaisir.

— Je pense qu'il vaudrait mieux en rester là, dit-il tout bas en regardant la main qu'elle venait de poser sur lui.

— Non, je veux te toucher. Laisse-moi faire.

Elle ouvrit son pantalon et, le fixant droit dans les yeux, le caressa à travers son slip avec un intérêt évident.

— Attends, dit-il d'un ton douloureux.

Il roula hors du lit, ôta tous ses vêtements. L'air était devenu si étouffant qu'elle avait du mal à respirer. Il y eut un froissement de papier, puis il se rallongea sur le lit et, sans ménagement, lui enleva sa lingerie mousseline, fine et fluide.

— Lazzero… ?

Incapable d'attendre, incapable de répondre, il la prit par la taille et s'enfonça en elle, une fois, deux fois, dix fois… de plus en plus vite, de plus en plus fort jusqu'à ce que, n'y tenant plus, il la prie de suivre le galop fou de son désir exacerbé.

Dans le tumulte de son plaisir, derrière son râle d'animal blessé, il crut entendre son nom et la sentit se resserrer autour de lui comme pour le garder en elle à l'infini.

Jamais il n'avait éprouvé ce chaos haletant. Cet irrésistible vertige.

# 8.

Quand Chiara sortit de son semi-coma, elle était allongée sur Lazzero, un bras en travers de son torse, une jambe en travers de sa cuisse. Pour ne pas la réveiller de la douce torpeur dans laquelle elle sommeillait en souriant, il n'avait pas bougé. Pas même un cil.

Soudain, elle battit des paupières et remua.

— Oui ? dit-il.

Elle se mordilla les lèvres.

— Rien.

Il la fit rouler sur le dos et plongea la main dans ses cheveux pour la forcer à le regarder.

— Tu étais sublime, Chiara, mais j'ai l'impression que tu regrettes déjà.

Elle hocha la tête.

— Heu… Non.

— Si, je le vois bien. Tu es transparente, tu sais.

— C'est que… Je m'en veux un peu de…

— De m'avoir rendu fou ? Mais… Tu as aimé, toi aussi. Tu as vu, nous avons même failli ne pas arriver jusqu'au lit.

Bien sûr qu'elle avait vu, et elle en avait honte maintenant. D'autant plus que, sans oser se l'avouer, elle avait savouré chaque seconde de leurs ébats, elle avait aimé le voir se déchaîner, sur elle, en elle, avec la même folie que celle qu'elle éprouvait sous lui.

Il lui caressa la joue.

— Donne-moi cinq minutes, dit-il doucement, je vais te rafraîchir la mémoire.

Incapable de soutenir plus longtemps son regard, elle

balaya son corps des yeux. Nu, il était encore plus beau et tellement désirable.

— Tiens ? Tu as une cicatrice au genou, dit-elle, surprise.

— Bah, c'est vieux. Je me suis blessé en jouant au basket.

— C'est ce qui a sonné le glas de ta carrière ?

— En quelque sorte.

Apparemment, il ne souhaitait pas en dire plus.

— J'étais assise à côté de ton ancien entraîneur de basket au déjeuner, hier. Il m'a raconté que tu venais régulièrement parler à ses jeunes joueurs du programme de réinsertion.

— Hank Peterson est une légende. Je l'ai connu quand on a déménagé à Greenwich Village. Il entraînait une ligue de basket de rue, à côté de chez nous. C'était mythique. Les plus grands joueurs sont nés là. Moi, je séchais les cours pour aller jouer. Toute la nuit, parfois. Jusqu'à ce qu'on éteigne les lumières et qu'on me renvoie chez moi.

— C'est amusant ce que tu dis, répondit-elle. Je faisais exactement la même chose avec mes croquis. Au lieu de faire mes devoirs pendant que mes parents travaillaient à la boulangerie, je dessinais. Quand ma mère rentrait et voyait ça… Ça la rendait folle.

— C'est la preuve qu'elle se souciait de toi, dit-il doucement. Moi, il n'y avait personne à la maison. Mon père buvait déjà et ma mère était partie. Seul Nico me faisait la morale pour que j'étudie. Il ne pensait qu'à l'école.

Sa mère était partie ?

— Je croyais que ta maman s'était remariée après le décès de ton père.

Il haussa les épaules.

— Elle nous a quittés quand j'avais quatorze ans.

Elle hésita.

— À cause du problème d'alcool de ton père ?

— Penses-tu ! Elle était amoureuse de l'argent de mon père et n'a plus aimé son mari quand il n'en a plus eu.

Elle se mordit l'intérieur de la joue.

— Je te trouve sévère, dit-elle. C'est peut-être moins simple que ça.

— Non. Ça l'est. Quand mes parents se sont rencontrés,

ma mère était danseuse et rêvait de se produire sur Broadway. Elle ne pensait qu'à faire carrière, aux paillettes, au glamour. Elle ne voulait surtout pas de famille. Quand elle s'est retrouvée enceinte de Nico, mon père a cru pouvoir la faire changer d'avis. Erreur ! Il a tout essayé pour la rendre heureuse. Échec sur toute la ligne. Elle l'a quitté… et nous avec !

Chiara l'écoutait, pensive. Une amie lui avait lancé un jour, comme une boutade, une phrase qui l'avait marquée. « Qui n'entend qu'une cloche n'entend qu'un son. » C'était tellement vrai…

— C'est ta version, dit-elle. Ça devait être dur pour ta mère, de voir tout espoir de faire carrière s'éloigner. Et ton père était très… alcoolisé, apparemment. Ce n'était peut-être pas facile à vivre pour elle.

— Mon père ne savait que faire pour la contenter. Quand il a vu qu'il n'y arrivait pas, son orgueil en a pris un coup. Il s'est renfrogné, a passé de plus en plus de temps au travail pour fuir la maison. Leur mauvaise relation a retenti sur les affaires. Les recettes ont fondu. Bref, la situation est allée de Charybde en Scylla. Elle a tout fait pour ça.

Compte tenu de la manière dont Antonio avait agi avec elle, le jugement de Lazzero sur sa mère la piqua au vif.

— Personne ne peut t'obliger à faire ce que tu ne veux pas faire, répondit-elle. Les relations entre les êtres humains sont compliquées, Lazzero. Si tu choisis d'aimer quelqu'un, c'est pour aller jusqu'au bout.

Il la regarda en douce.

— C'est pour cela que je préfère rester célibataire. Dans un couple, il y en a toujours un pour tout ficher en l'air.

Elle aurait pu sourire de son cynisme, mais elle n'était pas d'humeur à entendre ce genre de réflexion. Elle préféra changer de sujet.

— Alors, le basket-ball ? dit-elle. C'était un exutoire ? Comme le dessin pour moi ?

Il se passa la main dans les cheveux.

— Quand j'étais sur le terrain, je ne pensais pas au

désastre de ma vie. À mon père… au fantôme qu'il était devenu.

— Hank m'a raconté que tu étais toujours le premier et le dernier sur le terrain.

— Oui. Parce que je n'étais pas aussi fort physiquement que les autres. Il a fallu que je travaille plus dur pour réussir. Et ça a marché, jusqu'au jour où…

Du bout du doigt, elle suivit la cicatrice sur son genou.

— Pendant un match, j'ai sauté pour bloquer un tir… Et j'ai senti un *craaac* dans mon genou. Quand j'ai voulu me relever, impossible. Je m'étais arraché deux ligaments. Les chirurgiens m'ont rafistolé. Ils ne pouvaient rien faire de mieux.

— Il paraît que tu avais été repéré pour entrer dans une équipe professionnelle. Quelle déveine !

Une ombre passa sur son visage.

— Que veux-tu, Chiara, c'est la vie.

— Je la trouve très cruelle. Briser les rêves qu'on caresse depuis qu'on est tout petit.

Prenant appui sur le matelas, elle s'assit pour regarder la mer, sombre et silencieuse, qui s'étendait à perte de vue.

Lazzero lui passa un bras autour de la taille et l'attira à lui.

— J'étais dans le déni, dit-il doucement. J'ai d'abord refusé de croire que c'était la fin de ma carrière. J'ai demandé un deuxième avis. Même son de cloche. J'ai décidé de leur prouver qu'ils avaient tort. Il m'a fallu presque un an et des centaines d'heures de rééducation pour admettre que je ne rejouerais plus jamais. Que c'était bel et bien fi-ni.

— Oui, mais tu ne t'es pas tout de suite avoué vaincu, dit-elle, ce n'est pas comme moi.

— Je ne voulais pas lâcher prise.

Le monde de Lazzero s'était dérobé sous ses pieds, pas une fois quand son père avait sombré après le départ de sa mère, mais deux fois, quand ses espoirs de carrière de sportif professionnel s'étaient effondrés suite à un méchant coup du sort. Mais au lieu de se laisser miner par l'amertume et les regrets, il avait rebondi et créé Supersonic, une entreprise consacrée à ce qu'il aimait tant, le sport.

— Assez parlé comme ça, murmura-t-il en prenant sa bouche. Ce que je veux maintenant, c'est profiter de toi.

Assister à *La Traviata* n'était pas idéal pour que Chiara reprenne pied, compte tenu de l'aventure qu'elle vivait avec un homme qui n'était, de toute évidence, pas pour elle.

Ce fut pourtant ce qu'elle accepta bêtement de faire le lendemain soir ; les sponsors de la Coppa Estiva recevaient, pour une soirée privée, leurs invités venus du monde entier à la Scala de Milan.

Lazzero et elle devaient accueillir un commercial allemand et sa femme dans leur loge privée.

Micaela l'avait bien conseillée. La robe rouge au décolleté asymétrique qui lui découvrait totalement une épaule était à la fois originale et élégante. Avec un teint pétale de fleur relevé d'une touche de nacre, des lèvres carmin et des stilettos, Chiara sentit qu'elle ne passait pas inaperçue. Lazzero, dans un costume noir sur mesure, ses cheveux noirs plaqués au gel et une barbe d'un jour, était, lui, saisissant de chic et de charme.

Pour distraire son attention de ce monstre de séduction, elle regarda autour d'elle.

Six rangées de loges superposées au-dessus de l'orchestre, un immense lustre en cristal de Bohême, du stuc doré, des draperies de velours rouge et de la soie, le théâtre était absolument somptueux. Ne connaissant pas grand-chose à l'opéra, Chiara parcourut le programme en diagonale, puis les lumières s'éteignirent.

Le rideau se leva.

Envoûtée dès les premières secondes, autant par les décors et la musique que par le livret, Chiara se laissa porter. Les similitudes entre le drame de Violetta et sa propre histoire étaient troublantes. Violetta, courtisane quelque peu épuisée par une existence agitée, sait qu'elle va bientôt mourir. Alfredo Germont est fasciné par Violetta depuis longtemps. Lorsqu'il lui est présenté, au cours d'une fête, il propose de porter un toast à l'amour véritable. Enchantée par ses belles manières, Violetta lui répond en portant un toast à l'amour *libre*.

Bien qu'amoureuse d'Alfredo, Violetta décide qu'il n'y a pas de place pour ce genre de sentiment dans sa vie et s'éloigne d'Alfredo. Mais elle n'arrive pas à l'oublier. Finalement, les deux amants se lancent dans une histoire d'amour passionnée.

Chiara se tendit. Comme dans toutes les histoires d'amour torrides, une fin tragique se profilait.

Discrètement, elle sécha une larme furtive sur sa joue et continua d'écouter.

Le père d'Alfredo, riche aristocrate, rend visite à Violetta pour la convaincre qu'elle n'a rien à espérer de son fils. Il prétend qu'elle ruine l'avenir d'Alfredo et de sa sœur en encourageant cet amour, qu'elle entretient cette liaison dans le seul but de monter dans l'échelle sociale.

Bouleversée, Chiara regardait Violetta quitter Alfredo pour retourner à son ancienne vie. « Je ne t'aime plus », prétend-elle pour le libérer. Alfredo, affligé et blessé par ce qu'il pense être une trahison de la part de sa maîtresse, traverse la scène tandis que la musique enfle dans un crescendo assourdissant. Il propose un duel avec l'amant supposé de Violetta. Le rideau tombe, c'est la fin du deuxième acte.

— Oh ! s'exclama la femme du P-DG allemand alors que les lumières s'allumaient pour l'entracte. Quel beau spectacle, n'est-ce pas ?

Chiara, qui cherchait désespérément un mouchoir dans sa minaudière, renifla discrètement. Lazzero, narquois, lui tendit la pochette qui dépassait de sa poche de poitrine.

— Merci, dit Chiara, vexée, le suivant dans le foyer en faisant mine de l'ignorer.

L'histoire de Violetta résonnait en elle avec beaucoup d'acuité. C'était à croire que Lazzero avait sciemment choisi cet opéra et que Verdi, visionnaire, l'avait écrit pour elle.

Lorsque l'Allemande s'excusa pour aller se repoudrer, Chiara se réfugia sur un balcon, à l'écart des spectateurs qui se pressaient au bar. La Piazza della Scala était tout illuminée. Le Colisée, au loin, aussi.

Adossée au mur de la plateforme, elle inspirait l'air chaud de la nuit quand Lazzero surgit, un verre de prosecco dans chaque main.

— Tu n'en profites pas pour faire ton opération de relations publiques ? demanda-t-elle, sarcastique.

— Hans bavarde avec une connaissance.

Il lui tendit un verre de prosecco.

— Je me suis dit qu'un remontant te ferait du bien. Cet opéra a l'air de beaucoup te toucher.

— Je me suis laissée émouvoir, c'est vrai. Pas toi ? Ça ne t'a rien fait ? Tu n'avais pas l'air captivé.

— Si, ça me plaît. Mais, tu sais, je suis comme Violetta au départ. Pour l'amour libre. De cette façon on reçoit moins de coups, me semble-t-il, car on sait dans quoi on s'engage. L'erreur de Violetta a été d'adopter la vision de l'amour d'Alfredo. Un fantasme. Qui n'existe qu'en rêve.

— C'est ton opinion, répondit-elle. Moi, je sais que cela existe. Mes parents étaient amoureux fous l'un de l'autre.

— Tellement que ton père a sombré. J'appelle ça un amour malsain. Destructeur.

Il n'avait pas totalement tort, aimer si fort pouvait avoir ses revers. Elle en parlait en connaissance de cause puisque la maladie lui avait arraché sa mère. Et son amour. Ensuite, il y avait eu Antonio.

— L'amour que mes parents partageaient était exceptionnel, je sais, dit-elle, rêveuse.

C'était cet amour-là qu'elle voulait vivre.

Lazzero chercha son regard.

— Moi, mes parents… Leur mariage a été un désastre du début à la fin, dit-il, catégorique. Mon père est tombé amoureux d'une illusion. La réalité s'est révélée très sombre. En fait…

Elle l'interrompit.

— Mais Violetta aime Alfredo. C'est le père d'Alfredo qui gâche tout.

— N'empêche qu'elle s'est facilement laissée convaincre.

On choisit souvent de s'engager pour des raisons peu avouables. Regarde ma mère. Elle aimait l'argent de mon père, c'est tout. Carolina a épousé Gianni par dépit. Violetta avait besoin d'aide. Se marie-t-on une seule fois pour une bonne cause ? Parce qu'on veut vraiment passer sa vie avec quelqu'un ?

— Ce que fait Violetta est une preuve ultime d'amour.

— Que se passera-t-il quand elle partira ? Tu penses qu'Alfredo se félicitera de la décision qu'il a prise, quand il se retrouvera seul, blessé à mort ?

Exactement comme son père, se dit-elle.

— Peut-être pensera-t-il qu'il a eu beaucoup de chance de connaître un aussi bel amour et se raccrochera-t-il à ce souvenir ? Peut-être que mon père n'échangerait pas ce qu'il a connu avec ma mère pour tout l'or du monde.

Lazzero posa sur elle un regard interrogateur.

— Quoi ? dit-elle. Qu'y a-t-il ?

— Je n'aurais pas parié sur ton romantisme, tu es parfois tellement dure. Tu caches bien ton jeu.

Il s'écarta, laissant une main contre le mur à gauche de sa tête.

— C'est toi qui joues avec moi, dit-elle. Tu es très doué pour ça.

— Qui a dit que je jouais ? C'est faux, Chiara. Ce que je pense, c'est qu'entre toi et moi, ça *marche*. Et ça marche parce que nous avons tous les atouts en mains. Ce n'est pas comme Violetta et Alfredo, mais je ne suis pas venu sur ce balcon pour parler de Verdi.

Il abaissa la tête et prit ses lèvres.

Aussitôt, chaque baiser, chaque caresse, chaque seconde du plaisir de la veille passa devant ses yeux, tant elle était encore éblouie par ce qu'elle avait vécu.

— Ah ! fit-elle. Pourquoi es-tu là, alors ?

— Parce que je voulais…

Il rouvrit les yeux.

— Pour ça ! dit-il, happant de nouveau sa bouche.

Emportée par la magie de son baiser, elle empoigna les revers de son smoking et ondulait contre lui quand la sonnerie annonça la fin de l'entracte, les arrachant à leur étreinte.

Il lui remit les cheveux en place et lui prit la main.

— Viens, dit-il.

# 9.

L'idée d'un dîner à la villa Alighieri, magnifique propriété de Gianni Casale sur le lac de Côme, était moins impressionnante que la plupart des événements auxquels Lazzero l'avait conviée jusqu'à présent. Chiara avait esquissé des croquis pour Volare, que le P-DG italien avait adorés, elle avait accepté un rendez-vous avec Bianca, rendez-vous qui pourrait marquer un tournant dans sa vie — et avait noué avec Lazzero une relation intime dont l'ardeur ne se démentait pas au fil des jours.

Présumait-elle de ses forces en se croyant capable de tout gérer à la fois ? Quand la pensée lui en venait, elle balayait ses doutes d'un revers de main. Côtoyer Lazzero était l'expérience la plus excitante de sa vie. Enfin, elle se sentait vivre. C'était la plus puissante des drogues.

Soucieuse d'être élégante pour la soirée, elle choisit une robe drapée noire, mi-longue, au décolleté vertigineux qui laissait deviner l'amorce de ses seins. La coupe était simple mais le tissu, riche et souple, soulignait sa silhouette. En fait, l'étoffe faisait la robe.

Une touche de gloss cerise sur les lèvres, des talons hauts et une ribambelle de bracelets en argent pour le look 2.0, elle était satisfaite de son apparence.

Lazzero, en mode boss ténébreux, téléphona pendant tout le trajet vers le lac de Côme. Une fois leur véhicule garé, il prit possession du Riva qui allait les emmener à la villa Alighieri.

— Tu es belle, dit-il, la regardant vraiment pour la première fois depuis le départ.

— Tu n'es pas mal non plus, répondit-elle, l'air de rien.

Sa chemise bleu lavande glissée dans un pantalon gris aurait pu faire mièvre sur un homme moins viril, mais elle lui seyait à merveille. Si elle ne s'était pas retenue…

— Je crains pour tes cheveux, dit-il.

— J'ai tout prévu.

Elle sortit un foulard de son sac et le noua sous son menton à la mode Jackie O.

Lazzero mit les gaz et le bateau fila sur l'eau calme du lac. Perchée sur un promontoire et entourée de bois, la villa Alighieri n'était accessible que par bateau. Ainsi l'avait voulu Gianni, jaloux de son intimité.

Le soleil éclaboussait le ciel, d'un bleu intense, de touches orangées. L'air était vif et frais sur la peau. Les embruns projetés par la vitesse leur fouettaient le visage. Chiara avait l'impression de naître à la vie, rarement avait-elle été aussi heureuse. Elle devait son bien-être à Lazzero. Rien qu'à lui.

Surprise par une rafale de vent particulièrement cinglante, elle vacilla sur ses talons hauts. Rattrapée au vol par la poigne vigoureuse de Lazzero, elle se rétablit et tomba contre lui.

— Reste là, dit-il, la voix rauque, la plaçant entre le volant et lui.

Ses cuisses étaient fermes contre les siennes. Elle sentait son souffle sur sa nuque. C'était chaud, intime. Elle était si troublée que, lorsqu'il coupa l'accélérateur et qu'elle dut enjamber le Riva pour aborder, elle tituba.

— Oh ! Chiara ! dit-il.

Il lui prit la main.

— C'est magnifique, dit-elle. C'est le paradis, ici.

— Gianni a baptisé sa propriété « Alighieri » du nom de Dante, à cause de *La Divine Comédie*.

— Ah ! Mon père a essayé de me faire lire cette œuvre. Cela plaisait au philosophe qui sommeille en lui.

Ils continuèrent en silence. La rampe qui menait à la belle demeure était raide. Cette soirée était importante pour Lazzero, cela se lisait sur son visage.

— Qui y aura-t-il, ce soir ?

— Quelques joueurs italiens et leurs femmes. Nous serons en petit comité, si j'ai bien compris.

C'était le cas. Une douzaine d'invités se promenaient sur l'élégante terrasse d'où la vue était époustouflante.

Carolina et Gianni se précipitèrent pour les accueillir. Lazzero, la tenant par la taille, s'avança vers Carolina qui, semblait-il, avait décidé de rentrer ses griffes pour la soirée. Rassurée, Chiara baissa donc la garde et alla saluer les joueurs italiens, leurs femmes et leurs petites amies, sans oublier la fille de Gianni, Amalia, une belle blonde sophistiquée qu'il avait eue de son premier mariage.

Les cocktails servis et bus, Chiara se détendit. Elle avait sympathisé avec Amalia, et la soirée s'annonçait vraiment paisible. Au moment où ils passaient à table, le visage d'Amalia s'illumina.

— *Eccoti !* s'exclama-t-elle, se précipitant dans le hall. Je craignais que tu ne sois retenu à cause du mauvais temps là-bas.

Le mari d'Amalia, donc, conclut Chiara. Amalia lui avait dit qu'il était à Londres en voyage d'affaires.

Tout sourire, Chiara se retourna pour le saluer et… se pétrifia. Elle crut que son cœur s'arrêtait. Un homme, grand, brun, la veste grège négligemment jetée sur l'épaule, déposait un baiser sur la joue d'Amalia.

Non ! Ce n'était pas possible. Pas ici. Pas ce soir.

Amalia revenait, main dans la main avec son mari.

— Antonio, dit Amalia toute joyeuse, je t'introduis Lazzero Di Fiore. Il fait partie de l'équipe de basket-ball, c'est aussi l'associé de mon père. Et voici Chiara, sa fiancée.

— Je te *présente*, la corrigea Antonio sans quitter Chiara des yeux. Désolé d'être en retard. On est restés cloués au sol une heure au moins.

— Tu n'es pas en retard, répondit sèchement Amalia, appréciant peu d'avoir été reprise. Nous ne sommes pas encore à table.

Antonio tendit la main à Lazzero.

— Félicitations pour vos fiançailles, dit-il dans un anglais parfait.

Chiara, vacillante, fixait le nouveau venu. Cheveux noir corbeau, mâchoire prognathe — qu'elle avait tellement aimée parce qu'elle la trouvait si virile —, regard bleu perçant, dur, dominateur, il se dégageait de lui une impression de toute puissance et de fatuité. Ce furent ses yeux qui la frappèrent. Elle ne les avait jamais vus aussi froids.

Comment avait-elle pu ne pas remarquer leur cruauté, leur suffisance ?

Lazzero salua l'homme qui était, il y avait peu encore, son amant. Celui qui l'avait détruite au point qu'aujourd'hui encore elle se demandait si elle s'en remettrait un jour.

Prise de panique, elle hésita. Quelle attitude adopter ? Montrer qu'elle le connaissait, ou le contraire ? Peut-être valait-il mieux opter pour la deuxième option... Sa femme était à côté de lui... Avec une assurance insolente, Antonio la fixa, vint vers elle et l'embrassa sur les deux joues.

— Alors, comme ça, tu es fiancée. Lazzero a beaucoup de chance, murmura-t-il. C'est quand, le grand jour ?

C'était comme s'il lui avait demandé le jour et l'heure exacts où une météorite allait frapper la terre et les réduire tous en poussière. Lazzero lui lança un regard appuyé.

— L'été prochain, répondit-elle d'une voix basse. Nous ne sommes pas de ceux qui écourtent leurs fiançailles pour se marier très vite. Nous profitons de cet état de grâce.

— Vous avez raison, dit Antonio. Quand on se marie, c'est pour la vie. C'est un engagement. C'est sérieux. Amalia et moi avons fait comme vous.

Oh là là ! Cet aplomb ! La rage la fit bondir. Comment osait-il ? « Pour la vie. Un engagement. Sérieux. » C'était lui qui parlait ainsi ! Lui qui était prêt à tromper sa femme avant même de l'avoir épousée ! Lui qui prévoyait déjà de prendre une maîtresse ! Et pourquoi ? Amalia était charmante. Elle était belle et drôle avec, en plus, cette éducation si chère à Antonio.

Gianni s'approcha et mit la main sur l'épaule d'Antonio.

— Un bon contact pour vous, dit-il à Lazzero. La

famille Fabrizio est dans le capital de Fiammata. C'est ainsi qu'Antonio et Amalia se sont connus. Approchez-le pendant le dîner. Il vous expliquera tout sur l'entreprise.

Lazzero acquiesça, cependant que Chiara essayait de surmonter le choc. Bien sûr, il était logique qu'Antonio ait une participation dans Fiammata puisqu'il dirigeait l'une des plus grandes sociétés d'investissement en Europe.

Lazzero se pencha vers elle et lui chuchota à l'oreille :

— Qu'est-ce qui ne va pas ?

— Rien, dit-elle, se forçant à sourire. Le cocktail m'est monté à la tête.

— Fais attention à l'alcool. Il a fait chaud, aujourd'hui.

Elle nota une sorte d'inquiétude dans ses yeux noirs. De la braise, aussi.

Ils passèrent à table. Elle ne refusa pas l'excellent pinot gris servi avec les amuse-bouches. Peut-être le vin lui permettrait-il de se détendre.

Assise entre Amalia et Lazzero, Antonio en face d'elle et Gianni à ses côtés, Chiara essayait de faire bonne figure pendant que les hommes discutaient affaires. Amalia, moulin à paroles, se racontait. Il était impossible de se concentrer. D'autant qu'Antonio ne la quittait pas des yeux, ne cherchant pas à feindre le moindre intérêt pour la conversation. Agitée et furieuse, elle but une gorgée de vin. Se raidit. Elle allait faire comme elle avait prévu si cette situation se présentait : passer outre — c'était de l'histoire ancienne, maintenant — et ne pas laisser Antonio l'embobiner.

Par miracle, elle réussit à tenir tout le dîner — sept plats — qui tirait en longueur. La nuit était chaude, le vin coulait à flots mais la nourriture, délicieuse pourtant, ne passait que difficilement. Après le dessert, Gianni s'éclipsa avec Lazzero pour parler affaires en privé autour d'une *grappa*, un digestif italien très prisé. Chiara crut le moment du départ proche.

Elle parla mode avec Amalia, une vraie fashionista auquel un budget royal permettait de suivre les tendances au fil des saisons. Puis Carolina vint chercher Amalia pour la présenter à un autre invité, et Chiara en profita pour aller se pomponner aux toilettes. Un peu de blush sur les joues, un trait de brillant à lèvres, le tour fut joué en deux minutes, mais elle n'était pas pressée de remonter. Gianni et Lazzero avaient sûrement beaucoup à se dire, leur conversation risquait de durer. Quant à elle, avec la migraine qu'elle sentait poindre, elle ne se sentait pas d'attaque pour continuer les ronds de jambe avec les invités. Au bout d'un certain temps, elle se décida néanmoins à remonter.

Oh non ! Antonio faisait le guet en bas de l'escalier.

— Il faut qu'on parle, dit-il.

Elle crut s'évanouir.

— Pas du tout, réussit-elle à articuler. On s'est tout dit quand je suis partie. Je n'ai rien à ajouter.

Il la dévisagea de son regard perçant.

— Je ne suis pas de cet avis. Nous devons parler. Dehors ou en haut ?

D'un signe de tête, il montra l'étage d'où provenaient rires distingués et bribes de conversations.

Elle le fixa, persuadée à quatre-vingt-dix pour cent qu'il bluffait mais, dans le doute, préféra ne pas prendre le risque de remonter avec lui. Elle le suivit donc dehors à l'ombre d'un platane.

— Tu as changé, dit-il en s'appuyant au tronc de l'arbre. Tu t'es coupé les cheveux.

Elle releva la tête.

— Il était temps de le faire.

Il la regarda, l'air d'évaluer… Elle n'aurait su dire quoi.

— Tu ne l'aimes pas, Chiara. On ne passe pas d'un amour fou à un autre amour fou en quelques mois.

— Six mois, précisa-t-elle. Et je n'étais pas amoureuse de toi, Antonio.

Elle en était certaine, désormais. Elle avait pu comparer ce qu'elle éprouvait pour Antonio avec les sentiments qu'elle avait pour Lazzero.

— Je me suis entichée de toi. Je me suis laissée impressionner par ton allure et ton numéro de charme. Par tes attentions et tes petits gestes. J'ai pris cela pour de l'amour, alors que c'était tout sauf ça.

Il se gratta le menton.

— Si, Chiara, j'étais amoureux. Je te l'ai dit, mon mariage avec Amalia était *de convenance.* Pourquoi n'arrives-tu pas à te mettre ça dans la tête ? Pourquoi continues-tu de me repousser quand on pourrait vivre quelque chose de formidable tous les deux ?

Elle hocha la tête. Tout était limpide maintenant.

— Amalia est superbe. Elle est charmante, sympathique et drôle. Ça ne te suffit pas ?

— Elle n'est pas toi. Tu es tellement vivante. Tu es bouillante, tu vibres, tu me brûles comme le feu quand je te prends. Personne, aucune femme ne m'a jamais fait cet effet.

Elle pâlit. Il ne faisait que confirmer ce qu'elle savait, ce qu'elle avait toujours su, sans vouloir se l'avouer.

— J'étais bien pour réchauffer ton lit, mais pas assez pour être à tes côtés. Pas digne de toi, avoue-le.

— Ça n'aurait pas marché, dit-il doucement. Tu le sais. J'avais besoin d'une partenaire. Amalia est parfaite pour ça. Mais je n'ai jamais renoncé à une liaison avec toi. Je pensais venir te voir le mois prochain à New York, puisque j'y serai.

— Épargne-toi cette peine.

Elle pointa crânement le menton vers lui.

— Je suis amoureuse de Lazzero, Antonio. Je vais l'épouser. C'est fini avec toi.

— Tu ne penses pas ce que tu dis, répondit-il. Tu es blessée, Chiara, c'est tout. Une bague au doigt, qu'est-ce que ça t'apportera ? Un Di Fiore ou un autre, tu seras toujours la femme de quelqu'un. Qu'est-ce que ça change que ce soit lui ou moi ?

— Il est dix fois mieux que toi, répondit-elle, cinglante.

Il sursauta comme s'il avait reçu sa main en pleine figure.

— Bof !

— Eh oui, il n'y a pas de comparaison. Et tu te trompes, je tiens à lui.

C'était effrayant, car c'était vrai. Or elle savait qu'elle ne devait rien attendre de Lazzero.

Antonio, frustré, grinça des dents. Son visage s'assombrit.

— Que veux-tu que je fasse, Chiara ? Que je quitte Amalia ? Tu sais bien que je ne peux pas.

Elle serra les poings. Il s'imaginait vraiment qu'elle voulait toujours de lui ?

— Je veux que tu me fiches la paix, dit-elle. Je te demande d'oublier ce qui a existé entre nous.

Sur ces mots, elle tourna les talons.

— Chiara…, crut-elle entendre, mais elle ne se retourna pas.

Lazzero sortit de sa conversation acec Gianni exaspéré par le marchandage de l'Italien. Ils s'étaient mis d'accord sur le design du nouveau modèle pour la ligne Supersonic Volare, puis Gianni avait consacré tout le reste de leur entretien au montant de la compensation qu'il entendait obtenir pour la cession de sa marque. Lazzero s'était braqué. Le dédommagement demandé était astronomique. Ridicule pour une simple affaire de propriété intellectuelle.

L'esprit encore préoccupé par son échange difficile avec l'Italien, Lazzero cherchait Chiara. Elle n'était pas avec les autres au salon. Peut-être en bas, se dit-il, descendant les marches. Elle n'était pas là non plus.

Il était sur le point d'abandonner sa recherche, convaincu qu'ils s'étaient ratés, quand il la repéra sur le belvédère surplombant le lac, en compagnie d'Antonio Fabrizio qui, cela ne lui avait pas échappé, ne l'avait pas quittée des yeux de tout le dîner.

Tentant de calmer un subit accès de jalousie, il se dirigea vers le lac. Au bruit des pas sur le gravier, Chiara se retourna et s'avança vers lui, l'air agacé.

— Oh ! oh ? dit-il.

Il posa les mains sur ses hanches pour l'arrêter avant qu'elle ne le bouscule.

— Ça va ? Tu es pâle.

Elle fit un geste en direction de Fabrizio qui remontait les marches.

— Il me montrait son bateau. L'*Amalia*. Jolie petite barque !

Il scruta son visage.

— Tu es sûre que ça va ?

— Oui. Je suis juste fatiguée. On pourrait peut-être rentrer ?

— Bonne idée. Allons saluer nos hôtes et filons.

Ils remontèrent, firent leurs adieux et s'éclipsèrent.

Il faisait noir sur le lac. Noir aussi sur la route qui les ramenait à Milan. Chiara ne pipait mot. Peut-être sa migraine n'était-elle pas passée ? Une main sur sa cuisse, Lazzero fixait la route. Chiara était vraiment facile à vivre. Entre eux, les silences n'étaient pas un signe de fâcherie. Au contraire. Ils disaient la sérénité dans laquelle ils baignaient quand ils étaient ensemble.

Elle était intelligente et talentueuse. Elle incarnait à la fois la naïveté et la force, la pureté et la détermination. En cela, elle était fascinante. Il lui lança un regard en coin. Blottie contre la portière, les yeux fermés, elle était adorable et… désirable.

Trois quarts d'heure plus tard, ils arrivaient à l'hôtel L'Orientale et montèrent directement dans leur suite. Après avoir posé sa veste sur le dossier d'une chaise, il rejoignit Chiara dans le dressing où elle se débarrassait de ses bijoux.

— Ta migraine va mieux ?

Elle haussa les épaules et bascula la tête en arrière, invite tacite à l'embrasser. Il déposa un chapelet de petits baisers le long de son cou.

— Je dois travailler, dit-il.

Il fallait qu'il évalue les exigences démesurées de Gianni, la cohérence des chiffres avancés. Qu'il fasse ses calculs pour prendre une décision en connaissance de cause.

Mais il n'avait pas la tête aux chiffres. Depuis qu'ils avaient quitté la villa Alighieri et embarqué sur le Riva pour traverser le lac, il avait perçu, dans leur silence à tous deux, la manifestation d'une étouffante tension sexuelle. Il avait envie de Chiara, besoin d'elle. S'il la prenait maintenant, peut-être serait-il apaisé et pourrait-il travailler sereinement ensuite ?

Il l'attira et la plaqua contre lui pour lui faire sentir son excitation. Sa surprise le fit sourire. En gémissant, elle ondula contre lui, lui faisant comprendre qu'elle avait envie de lui, elle aussi.

Encouragé par son regard fiévreux, il reprit sa bouche, descendit le long de son cou, le mordilla là où battait une petite veine bleue, puis il glissa la main dans le décolleté de sa robe et empoigna l'un de ses seins, puis le second, les titilla, les pétrit, sentant ses mamelons durcir sous ses doigts.

— Tu aimes ? demanda-t-il.

Elle répondit par de petits gémissements qui l'encouragèrent. S'enhardissant alors, il souleva sa robe et caressa le haut de ses cuisses.

— Oh ! fit-elle contre sa bouche.

— Tu me rends fou, Chiara ! Aucune femme, jamais, ne m'a… Avec toi, je ne pense plus, je ne…

Elle se raidit.

— Qu'est-ce que tu viens de dire ?

Il s'arrêta. La tête ailleurs, il essaya de comprendre sa question.

— Que tu m'excites. Comme jamais aucune femme ne m'a excité. C'est la vérité.

Se dégageant, elle le fixa, l'air furieux.

— Je ne suis pas un objet, Lazzero.

Il la regarda. Elle avait les bras croisés sur la poitrine, les joues rouges de rage. Une pose de guerrière.

— Bien sûr que non. Pourquoi dis-tu ça ? Tu sais que j'aime tout de toi.

Bouche pincée, regard méchant, elle le fixait sans ciller. Vexé, il plongea les mains dans ses poches en jurant. Sa mère aussi avait l'art de souffler le chaud et le froid. Il l'avait vue à l'œuvre avec son père. Le malheureux, il tournait comme un hamster sur sa roue pour essayer de suivre. Il ne serait pas un hamster, lui. Chiara ne le ferait pas tourner en bourrique ! Peu importait à quel point il la désirait.

Il desserra sa cravate, et la jeta sur la commode.

— Il faut que je travaille, dit-il, amer. Dors. On parlera demain matin.

Il vit une ombre voiler ses beaux yeux verts. Se forçant à ne pas y prêter attention, il tourna les talons. C'était la bonne — et la seule — décision à prendre, parce que désirer une femme était une chose. Se retrouver dans un tel état émotionnel à cause d'elle, une autre. Sans compter qu'il s'était déjà beaucoup trop engagé.

En proie à de sombres pensées, Chiara faisait les cent pas sur la terrasse. Dès le départ, Lazzero avait exigé la plus grande franchise. Il fallait donc qu'elle lui dise. Mais pourquoi ? Son histoire avec Antonio ne concernait qu'elle. Elle avait été claire avec lui, tout était fini entre eux. Ce n'était pas son problème s'il refusait de l'admettre. C'était de l'histoire ancienne qu'il ne servait à rien de remuer. Il se passait quelque chose entre Lazzero et elle. Un lien se nouait, qu'elle avait peur de briser. Sur le bateau, en rentrant, elle en avait eu la certitude, elle était amoureuse de lui. Lui, de son côté, semblait également épris. Mais peut-être se trompait-elle ? Contrairement à elle, il n'était pas transparent, sentimentalement parlant.

Comprendrait-il, si elle lui disait la vérité à propos d'Antonio ? Ou se moquerait-il d'elle et de son incurable naïveté ?

L'esprit confus, incapable de répondre à ses questions, elle alla se démaquiller. Une bonne douche pour commencer, et elle irait mieux ensuite, espéra-t-elle. Hélas, une fois douchée, séchée et en pyjama, elle ne se sentait pas plus apaisée. Elle avait réagi de façon excessive, idiote même, à la remarque de Lazzero. Ne lui avait-il pas prouvé, tous les jours, sauf dimanche, combien il tenait à elle ? Et voilà qu'elle avait tout gâché.

Elle se jeta sur le lit et, roulée en boule, se désola de sa bêtise. Elle était contrariée et malheureuse, elle ne pourrait jamais dormir.

Lazzero, assis à son bureau devant des colonnes de chiffres, avait beau calculer et recalculer, les exigences de Gianni étaient exorbitantes. Elles n'avaient aucun sens. Mais que faire ? C'était délicat, et il se trouvait très embarrassé. Payer Volare trop cher pouvait mettre en péril la croissance de Supersonic. Se retirer de l'affaire, avouer aux analystes à l'affût de ses décisions et de ses résultats qu'il avait été un peu vite dans ses prévisions de croissance — ce que Santo lui avait reproché dès le départ — le décrédibiliserait.

Ni l'une ni l'autre de ces options ne lui convenait. Restait une possibilité, le bluff. Soumettre une proposition à Gianni en lui faisant comprendre qu'il y avait d'autres sociétés prêtes à signer, dont le géant britannique bien connu dans l'univers du sport. Un chantage, en somme.

Satisfait de son plan de bataille, il se servit un whisky et s'approcha des baies vitrées qui donnaient sur la ville. Gianni marcherait. Lazzero comptait sur le fait qu'il n'existait pas, actuellement en Amérique, de société plus florissante que Supersonic. Le P-DG de Fiammata était si fier de sa position dominante en parts de marché, aux États-Unis, qu'il renchérirait sûrement. Ivresse de l'orgueil…

Chiara, en revanche, était une énigme qu'il ne parvenait pas à résoudre. La scène qu'ils venaient de vivre était l'illustration parfaite de ce qu'il avait passé sa vie à éviter. Exactement ce qu'il arrivait quand on s'engageait. Des problèmes et rien d'autre.

Sauf, s'avoua-t-il en avalant une gorgée de whisky, que Chiara était différente. Ce n'était pas une manipulatrice patentée comme l'était sa mère, ni une comédienne comme Carolina. Elle était honnête, transparente et, surtout, elle était vraie, comme peu de gens l'étaient. Cependant, quelque chose n'allait pas.

Évidemment, il avait peut-être eu besoin — et tort — de se laisser aller ce soir, mais il ne l'avait jamais considérée comme un objet. Jamais. Et elle le savait. Sur le bateau, elle avait manifesté du désir pour lui, autant qu'il en avait manifesté pour elle.

Il finit son scotch d'un trait et tenta d'y voir plus clair en lui. Il fallait qu'il garde ses distances, c'était préférable et il le savait. Mais le plaisir qu'il prenait à être avec elle l'en empêchait.

Dès qu'il était question d'elle, il était d'une faiblesse coupable. Sa volonté l'abandonnait.

Quand il poussa la porte, la chambre était plongée dans l'obscurité. Seul un rayon de lune répandait une lumière blanche sur le lit. Chiara était roulée en boule sur un côté du matelas, mais elle ne dormait pas, cela s'entendait au rythme de sa respiration. Il se déshabilla et, gardant son slip, se glissa discrètement dans le lit.

Silence.

Navré de la tension qui régnait entre eux, il la prit par la taille et la serra contre lui.

— *Mi dispiace*, murmura-t-il, embrassant tendrement son épaule. Je suis de mauvaise humeur à cause de Gianni. Il me mène en bateau.

Chiara se retourna dans ses bras et se releva sur un coude, face à lui.

— Non…, dit-elle, c'est moi. J'ai été odieuse. J'ai laissé mes problèmes prendre le dessus. Je suis désolée. Ce n'est pas juste pour toi.

Avec ses cheveux noirs rabattus sur son visage, sa peau débarrassée de son maquillage, ses yeux brillants comme des émeraudes, elle était irrésistible.

— Si tu me disais plutôt ce qui s'est passé. Parce que je ne pense pas que ce soit à cause de nous…

Quelque chose passa dans ses beaux yeux, une émotion dont il ne comprit pas le sens. Elle retomba sur l'oreiller et fixa le plafond.

— C'est difficile à expliquer.

— Essaie.

Elle fit un geste de la main.

— C'est à propos de mon apparence. Ça me poursuit

depuis le lycée. Si les filles se moquaient de mes vêtements, les garçons me voulaient pour ce qu'il y avait dessous, ce qui rendait les filles plus méchantes encore. Comme je ne savais pas gérer ça, j'étais distante. Finalement, c'était bien, puisque ça m'a permis de passer beaucoup de temps avec mon père à la maison. Et puis je ne faisais confiance à personne. Je pensais que personne ne voudrait de moi comme je suis, donc c'était plus simple comme ça.

— Continue.

— Et puis, dit-elle en entortillant une mèche de cheveux autour de son doigt, j'ai rencontré quelqu'un. J'étais persuadée qu'il me prenait pour ce que j'étais. Je me suis racontée. Je croyais en lui. Pour finalement me rendre compte qu'il n'envisageait pas du tout de partager sa vie avec moi. Il me voulait dans son lit. Point.

Elle serra les lèvres.

— Ce que tu as dit ce soir m'a brusquement fait penser à lui. Cela m'a rappelé une chose qu'il m'avait dite.

Lazzero rugit. Son cœur se mit à battre trop vite. Il savait qu'un salaud lui avait fait du mal. Bon sang ! S'il lui mettait la main dessus, il le réduirait en purée.

Mais lui, était-il irréprochable ? Ne l'avait-il pas *utilisée* en lui demandant de l'accompagner en Italie ? Ne l'avait-il pas relookée pour qu'elle s'intègre mieux dans son milieu ?

Peut-être. Si ce n'était qu'il n'avait pas vu que sa beauté. Il avait vite compris qu'elle cachait une grande richesse intérieure sous une froideur apparente. Et il avait eu raison.

Il prit sa main et la serra dans la sienne.

— Est-ce que tu sais que je tiens beaucoup à toi ? dit-il.

C'était vrai et il voulait qu'elle le sache.

Elle hocha la tête et le regarda sans rien dire.

— Qu'y a-t-il ?

— Gianni, murmura-t-elle. Il te rend fou. Pourquoi ne pas développer la technologie toi-même parce que, s'il doit être comme ça…

— Parce que je n'ai pas le temps, dit-il sans s'énerver, bien que la question l'ait un peu irrité. Acquérir Volare nous permettrait de lancer la fabrication de la chaussure immédiatement. Et de connaître une croissance rapide.

— Et si Gianni refuse ? Que fais-tu ?

Elle vit un muscle se contracter dans sa joue.

— Je sauterai le pas.

— Et si tu te recentrais sur ton cœur de métier ? Sur ce que tu aimes, en fait ? Ta vraie passion.

Il plissa le front.

— Pourquoi dis-tu ça ?

— J'ai vu ta tête au Di Fiore, le soir où tu parlais de la création Supersonic. Je t'ai vu t'enthousiasmer pour les croquis que nous avons faits. Ne dis pas que tu ne rêves plus. Avec Santo, vous rêviez de faire les meilleurs articles pour sportifs. Parce que vous avez ça dans le sang. C'est ça qu'il faut que tu fasses, Lazzero. Ne te fais pas mener en bateau par ce Casale. Vis ta passion.

— Ce n'est pas si simple. Je dirige une entreprise qui pèse plusieurs milliards de dollars. J'ai des actionnaires qui veulent un retour sur investissement. J'ai également besoin d'eux. Je ne peux pas les décevoir. Elle est derrière moi, l'époque où je pouvais jouer dans le labo avec mes ingénieurs. Aujourd'hui, j'ai un chiffre à faire.

Elle pointa le menton vers lui.

— Qui parle de jouer avec les ingénieurs ? Je parle de rêve, de passion, c'est toi-même qui m'en as parlé pour moi.

Elle fit un geste de la main.

— J'ai beaucoup réfléchi à ce que tu as dit cette semaine. Sur ce que j'attends de la vie. Parfois, les rêves sont tout ce que l'on a. Parfois…

Il l'interrompit.

— Pitié ! Pas de philosophie pour l'instant. J'ai besoin de dormir. Demain sera un autre jour.

— OK, dit-elle, et elle se rallongea, les yeux au plafond.

Contrarié par son ton, il grogna.

— OK quoi ?

— Rien.

— Bien, je te laisse tranquille, puisque c'est ce que tu veux.

Se mordillant les lèvres, elle le regarda.

— De toute façon, vu ton humeur, je ne pensais pas que…

— Bébé, murmura-t-il, s'il existe une planète dans ce système solaire où je ne voudrais pas de toi dans ce pyjama tout couvert de grands baisers rouges, trouve-la.

Ses yeux verts s'assombrirent.

— Lazzero…

Refusant de l'écouter, impatient et fébrile, il s'allongea sur elle et l'embrassa puis, prenant appui sur les mains et les genoux, se redressa.

— Dis-le, que tu en as envie, murmura-t-il. Dis-le.

— Oui, lui chuchota-t-elle à l'oreille. Oui, s'il te plaît, fais-moi l'amour.

Il se releva, lui enleva son pyjama et s'assit sur elle, lui montrant, sans réserve ni fausse pudeur, l'effet qu'elle lui faisait. Elle étudia son sexe avec un intérêt évident et le parcourut du bout des doigts.

Trouvant les plis délicieux entre ses cuisses, il glissa la main pour les caresser. Ce qu'il voulait avant tout, c'était effacer la distance qu'elle avait mise entre eux à leur retour dans la chambre.

— Regarde-moi, dit-il de sa voix de gorge. Quand tu es comme ça, nue, et que je te vois si fragile, tu es d'une beauté insensée.

Son regard s'assombrit encore. Elle cligna des yeux. Il continua de la caresser de ses doigts habiles, la fouillant de plus en plus profondément.

— Je vais te prendre, dit-il. C'est ce que tu veux, n'est-ce pas… que je te prenne ?

Elle ne répondit pas et se laissa pénétrer.

Lazzero, anéanti par le plaisir qu'il avait donné à Chiara et celui qu'il venait de prendre, retomba sur elle en haletant. Jamais de sa vie il n'avait ressenti ce qu'elle venait de lui faire vivre. Aucune femme ne lui avait jamais donné tant de plaisir, tant de tendresse. Tant d'amour. Aucune femme ne lui avait fait découvrir cette part de lui qu'il ignorait, sa capacité d'aimer.

Elle s'endormit dans ses bras, sereine, sourire aux lèvres. Soulevés par son souffle, ses cheveux lui chatouillaient la bouche mais il ne bougea pas.

Le sommeil ne venait pas. Ce qu'elle lui avait dit à propos de Gianni lui tournait dans la tête. Peut-être parce qu'il y avait un peu de vérité. Qu'il avait perdu la passion en ne pensant plus qu'aux chiffres. Que sa vie professionnelle n'était plus qu'une fuite en avant. Que trouverait-il s'il s'arrêtait ?

# 10.

Dans la soirée aurait lieu, dans l'un des hôtels les plus chics de Milan, la soirée de clôture de la Coppa Estiva, l'un des événements mondains de l'année.

Debout devant la psyché de son dressing, Chiara se regardait, l'œil critique. D'un geste gracieux des mains, elle lissa sa robe sur ses hanches. Se tourna. Choisir sa robe lui avait pris beaucoup de temps. Elle avait longuement hésité entre deux tenues que Micaela lui avait conseillées, et avait finalement arrêté son choix sur un fourreau couleur vanille, décolleté rond, bras nus, qui mettait en valeur son teint et sa silhouette.

Lazzero en apprécierait sûrement la coupe, audacieuse, puisque la robe était fendue à mi-cuisse.

*Lazzero…* C'était la dernière fois qu'elle avait à se soucier de sa réaction. Le lendemain, en effet, la réalité reprendrait ses droits, sonnant le retour à leur vie respective. Avec peut-être pour elle, si ses espoirs se concrétisaient avec Bianca, un avenir professionnel assez exaltant. Et pour Lazzero beaucoup de succès, avec ou sans Gianni.

Côté cœur, mieux valait ne rien attendre de lui.

Pourtant, elle refusait d'admettre que c'était fini. Si sa raison lui disait qu'on ne tombait pas amoureux aussi vite, son cœur soutenait le contraire.

Lazzero, comme s'il avait compris qu'elle pensait à lui, surgit dans le dressing, une serviette de bain nouée sur les hanches. Une ride profonde lui barrait le front.

Habitué à être efficace, il alla droit à la penderie se choisir un costume. Incapable de résister, elle pivota pour le regarder. Il lui tournait le dos et ne voyait donc pas qu'elle le dévorait des yeux. C'était incontestablement un très bel homme, carrure large, athlétique, dos musclé descendant en V vers les hanches. C'était l'homme le plus sexy qu'elle ait jamais rencontré. Vivre avec lui ces quelques jours avait été l'expérience la plus excitante de sa vie. Mais il ne se réduisait pas à un physique de sportif. Elle avait eu un aperçu de l'homme et souhaitait en savoir plus.

Il lui jeta un regard distrait.

— Sais-tu ce qu'Edmondo a fait de ma chemise de smoking ?

— Elle est dans l'autre placard, dit-elle d'une voix rauque. Près de la porte.

Il fila vers le placard. Décrocha la chemise de son cintre.

— *Perfetto.* Maintenant, si je pouvais savoir où est mon nœud papillon…

Elle montra un tiroir. Il se pencha, farfouilla, le trouva.

— Je ne sais pas comment j'ai pu faire sans toi jusqu'à aujourd'hui.

Elle ne répondit pas. Sa réponse aurait été trop sérieuse. Et il ne tenait sûrement pas à s'engager sur ce terrain-là. Ils repartaient bientôt pour New York, il serait totalement libéré d'elle. Fin de l'aventure.

Il se tourna vers elle tout en fixant son nœud papillon derrière son col Mao.

— Ça va ?

Elle opina.

— *Bene.*

Il sourit.

— Tu sais que tu es sublime ? Je suis prêt dans cinq minutes.

La foule se pressait devant l'hôtel Bulgari, superbe palais milanais du XVIII^e siècle situé à deux pas de l'Orientale. Même tapis rouge intimidant, mêmes snobs, même besoin irrépressible pour eux *d'en être*, mais, ce soir, Chiara était trop distraite pour se laisser impressionner. Elle comptait sur la main que Lazzero avait posée dans le creux de ses reins pour la guider dans la foule des invités et des curieux.

La fête battait son plein dans les jardins où, par un jeu d'arbres et de haies intelligemment organisés, les jardiniers avaient créé des sortes de pièces en plein air.

L'un des DJ les plus en vue d'Italie avait été engagé pour faire danser les invités. Quelques coupes de champagne aidant, Lazzero et elle se laissèrent vite prendre par l'ambiance. L'ombre au tableau survint quand Antonio fit son apparition, flanqué de ses contacts internationaux. Amalia, retenue par un rhume, ne l'accompagnait pas. Chiara, qui espérait bavarder avec elle, se rapprocha de Lazzero que Carolina ne lâchait pas.

Accompagnée d'un Valentino en colère car son équipe avait perdu, Pia vint la retrouver pour l'emmener sur la piste.

— J'ai besoin de toi, dit-elle. Ce type me rend folle.

Chiara sourit et regarda Lazzero.

— Ne pars pas trop loin, lui dit-il. Je veux te voir danser dans cette robe.

Il se pencha pour l'embrasser et fit la grimace en se redressant, ce qu'elle remarqua.

— Tu ne devrais pas prendre appui sur ton genou, dit-elle.

— Oui mais, si je n'ai plus mal, comment vais-je faire pour garder mon infirmière chérie ?

— Tu n'as pas besoin d'infirmière. dit-elle en riant. Il faudra bien que tu marches demain.

Lazzero regarda Chiara tourner les talons et suivre Pia. Elle était tellement désirable dans cette robe qu'il ne parvenait pas à la quitter des yeux. L'arrivée de Santo le sortit brutalement de ses songes.

— Ta barista, dit-il en montrant Chiara d'un signe de tête, t'es fichûment mordu ! Et ne dis pas le contraire.

— Qu'est-ce que tu racontes ?

— Il n'y a qu'à te regarder. Tu la dévores des yeux !

Il avait pensé à elle toute la nuit. À eux. Ne savait plus que faire. Il valait mieux qu'il la laisse partir, non ? Pas de bobo. Ni d'un côté ni de l'autre. Sa spécialité, en somme. Sauf que Chiara ne boxait pas dans la même catégorie que lui. Ni dans celle des autres femmes qu'il avait eues avant elle. Il l'avait invitée à venir en Italie. L'avait caressée, embrassée, aimée, et se retrouvait, actuellement, incapable de prendre une décision.

— J'ai besoin d'un verre, dit-il.

Ils allèrent s'asseoir au bar, troquèrent le champagne contre du bourbon, plus musclé. Ils commencèrent par rejouer le match. Il avait la compétition dans le sang, c'était son moteur, ce qui lui permettait d'avancer. Quand il était sur le terrain, autrefois, quand il était encore valide, rien d'autre ne comptait que gagner. Gagner à tout prix.

Créer Supersonic avait comblé son besoin viscéral de conquérir. Mais l'enthousiasme s'était émoussé avec les années. Porter le poids d'une équipe, d'une école, était une lourde charge, mais conserver dix mille emplois l'était infiniment plus. Et le cœur n'y était plus. Chiara avait raison sur ce point.

Il la regarda. Elle s'amusait avec Pia sur la piste de danse. Qu'avait-elle de si irrésistible pour qu'il soit fasciné, envoûté ? Elle était belle, d'accord. Mais il était toujours sorti avec de belles femmes. La différence, c'était que Chiara était vraie. Elle l'avait défié, l'avait fait réfléchir. Il allait mieux quand il était avec elle. Il était même heureux, un qualificatif qu'il ne s'appliquait jamais à lui-même.

En fait, s'il allait dans ce fichu Daily Grind tous les matins, c'était pour la voir. Parce qu'il se sentait vivre quand elle était présente. L'idée qu'ils retournent au statu quo, Chiara lui servant son expresso le matin avec un sourire de convenance, lui semblait impossible. Mais qu'avait-il à lui offrir ?

Elle méritait quelqu'un qui soit là pour elle. Un Alfredo. Quelqu'un qui lui offre cet amour tant désiré. Quelqu'un de solide, qui l'encourage, la mette en avant. Quelqu'un qui lui prouve qu'elle était tout pour lui, qu'elle lui suffisait.

Ce n'était pas lui. Il n'avait jamais été ce type d'homme. Pourrait-il jamais le devenir ?

N'y tenant plus, il laissa son frère en plan — avec une belle rousse, quand même — et partit chercher Chiara sur la piste.

Une main sur sa hanche, il l'attira à lui.

— Tu sais à quoi je pense quand je te tiens comme ça ? Que j'ai envie de m'en aller d'ici et de passer le reste de la nuit dans tes bras.

Son regard se voila.

— Je suis fou de toi, Chiara. Complètement fou, c'est vrai.

Chiara sentit son cœur se mettre à battre, comme un fou lui aussi.

— Tu ne préfères pas attendre qu'on soit à New York pour se dire au revoir ?

Il hocha la tête.

— Je pense qu'il faudra qu'on se revoie à New York. Qu'on voie où cela nous mène. Si c'est ce que tu veux, du moins.

Elle se mordilla si fort les lèvres qu'elle se fit mal.

— Comment cela, « voir où ça nous mène » ?

— Voir où cela nous mène, répéta-t-il avec force. C'est vraiment ce que je veux dire.

Il hocha la tête.

— Excuse-moi, je ne suis pas très bon dans ce genre de situation, je suis capable de dire une bêtise. Je ne veux pas te perdre, Chiara. Voilà. Ce n'est pas compliqué.

Elle sentit ses jambes se dérober. Il ne lui faisait aucune promesse. C'était de nouveau un chagrin d'amour qui l'attendait. L'air de rien, il l'y préparait.

Malgré tout, ce qu'elle avait appris de lui lui donnait envie d'essayer. Avec de la patience elle réussirait peut-être à faire tomber ses défenses. Et puis, peut-être était-elle *la* femme qu'il voulait ?

Une angoisse affreuse lui serra la poitrine. Lazzero, elle le savait, pouvait faire d'elle une loque, pire encore qu'Antonio. Mais la chance de l'avoir pour elle, à elle, était trop tentante pour ne pas la saisir.

Elle se hissa sur la pointe des pieds et, en guise de réponse, l'embrassa. S'enflammant sur-le-champ, il noua les mains autour de son cou et lui rendit des baisers passionnés. Ils étaient si proches qu'elle devait forcément sentir palpiter son désir.

— Cette fois, partons, dit-il. Va vite prendre tes affaires. Je t'attends au bar.

À cet instant, Antonio Fabrizio surgit à côté de lui.

— On s'amuse ? dit-il, montrant d'un hochement de tête Chiara qui s'éloignait. Elle est magnifique, hein ? C'est la plus belle de la soirée.

Lazzero se cabra.

— Normal, c'est ma fiancée.

— Aucun homme ne lui résiste.

Agacé par le sous-entendu, Lazzero se rembrunit, et ce n'était pas le bourbon qu'il avait bu qui risquait de le calmer. Mais, Gianni Casale ayant décliné l'offre de fusion, la société d'investissement Fabrizio restait l'actionnaire le plus important dans Fiammata. Il ne s'agissait pas de se mettre Antonio à dos.

— J'ai un conseil, Fabrizio. Vous avez une femme superbe. Vous devriez rentrer chez vous la chouchouter.

L'Italien haussa les épaules.

— Amalia ? Mariage arrangé, mon cher. Sans intérêt dans un lit. Chiara, en revanche…

— *Scusi ?*

Fabrizio le regarda froidement.

— Quoi ? Vous ne saviez pas ? Elle était à moi avant d'être à vous, Di Fiore. Elle ne vous l'avait pas dit ?

*Il ment*, pensa Lazzero. Si ce n'était qu'il n'avait aucune raison de mentir. Ce qui voulait dire que le nigaud, c'était lui.

— Quand ?

Fabrizio haussa les épaules.

— Ça s'est terminé avant Noël. J'étais fiancé à Amalia. Chiara n'a pas voulu jouer — comment disent-ils en

Amérique ? le second violon —, alors elle m'a mis le couteau sous la gorge, c'était Amalia ou elle.

L'Italien tossa son verre contre le sien.

— Quant à être amoureuse de vous ? J'en doute, vu qu'elle me disait tous les matins avant que je parte au bureau « je t'aime, je t'aime, je t'aime ».

S'il comprenait bien, Fabrizio était en train de lui expliquer qu'il avait eu une liaison avec Chiara quelques mois auparavant ? Alors qu'il était fiancé ?! Un homme qu'elle avait froidement prétendu n'avoir jamais vu quand ils avaient été présentés.

Sauf qu'elle était nerveuse, se souvint-il. Prétextant un coup de fatigue, elle avait voulu écourter la soirée. Tout se mettait en place. L'homme qui l'avait brisée sentimentalement, c'était lui, Fabrizio.

Le salaud ! Mais elle n'était pas innocente, elle non plus !

Lazzero commença à voir rouge. Il venait de lui avouer ses sentiments, de lui dire qu'il était fou d'elle, et elle lui avait honteusement menti. Lui qui s'imaginait la connaître !

— Je comprends mieux, dit brusquement Fabrizio. Au lit, elle est comme une dingue. Ça vaut presque un caillou de quatre carats ! Haha !

Le « ça vaut presque » le fit sortir de ses gonds. Avant même de savoir ce qu'il faisait, Lazzero attrapa Fabrizio par le col et, pris d'une fureur aveugle, s'apprêtait à lui balancer son poing dans la figure — et à lui fracasser la mâchoire — quand une main l'arrêta.

— Qu'est-ce que tu fous ? gronda Santo, le ceinturant. Tu perds la tête, ou quoi ?

Fabrizio remit en place le revers de sa veste sous le regard médusé des invités. Puis il prit son scotch et s'éloigna. Mais, brusquement, il se retourna.

— Au fait, j'ai poussé Gianni à signer la proposition du Britannique. C'est un géant. Il a une vision globale, lui.

Sur ces mots, l'Italien se mêla à la foule quelque peu interdite par la passe d'armes à laquelle elle venait d'assister. Fou furieux, Lazzero secoua son frère en lui demandant de poursuivre Fabrizio mais Santo ne bougea pas.

— Ça ne va pas, non ? On a besoin de lui pour Fiammata.

Lazzero le repoussa, se passa la main dans les cheveux.

— C'est un prétentieux !

— Et alors ? Tu avais l'intention de le frapper pour ça ?

— Non, pour autre chose.

— Maintenant, tu te calmes, vieux.

Lazzero grinça des dents.

— Il m'a cherché.

— Sur ce qui est ton talon d'Achille, répondit Santo.

Alors que Chiara revenait vers Lazzero, elle crut l'apercevoir en conversation avec un autre homme. Elle approcha. C'était Antonio. Lazzero semblait tendu, presque fâché.

Pressée d'intervenir, elle accéléra le pas. Mais entre la foule des invités et ses talons hauts, elle n'avançait pas. C'est alors qu'elle vit Santo séparer Antonio et Lazzero. Ils avaient tous les trois l'air en colère. Lazzero était blanc.

— Que s'est-il passé ? lui demanda-t-elle dès qu'elle l'eut rejoint.

— On parlera de ça plus tard, marmonna Lazzero.

Elle n'insista pas. Ils retournèrent au pas de charge à leur hôtel, l'un derrière l'autre. Une fois dans leur suite, Lazzero jeta sa veste sur une chaise, ôta son nœud papillon et se servit un whisky. Il alla à la fenêtre. Le soir tombait et les rues s'éclairaient, c'était magique.

Chiara enleva ses escarpins, posa sa robe sur une chaise et rejoignit Lazzero à la fenêtre. Qu'avait-il bien pu se passer pour qu'il boude de la sorte ?

— Pourquoi ne m'as-tu rien dit à propos de Fabrizio ?

Elle pâlit, crut que la terre s'ouvrait sous ses pieds.

— Parce que je considère que cela ne regarde que moi. Antonio et moi, c'est fini depuis des mois. Je ne vois pas où est le problème.

— Ah vraiment ? Alors que tu sortais avec quelqu'un qui était fiancé ? Belle moralité !

Oh, mais il n'allait pas lui chauffer les oreilles !

— Je l'ignorais. Il m'a menti. Je t'ai dit, hier soir, ce qui s'était passé.

— Tu ne m'as pas dit que c'était Antonio Fabrizio.

Il avait craché le nom avec rage.

— Fabrizio est un de nos actionnaires les plus importants, Chiara. Ce salaud a convaincu Gianni de signer avec les Britanniques.

Elle se figea. Elle avait vu qu'Antonio était en colère. Il n'était pas homme à accepter une défaite.

— Je suis désolée, dit-elle en s'asseyant sur le bras du canapé. Je n'en reviens pas qu'il ait fait ça.

Elle pensait qu'après avoir appris ses fiançailles, il n'insisterait pas. Elle se trompait. Il s'était vengé !

— De quoi parliez-vous sur le belvédère devant le lac ? Puisque tu prétends que c'est fini entre vous…

Les joues en feu, elle se prit le visage dans les mains.

— On s'est rencontrés à une soirée, l'été dernier. C'était très snob et je me sentais déplacée. Je me faisais du souci pour mon père… Tu connais Antonio… Il me poursuivait. Il ne me lâchait pas. Il a fini par gagner en me faisant des tonnes de promesses et, après quelques semaines, on s'est installés ensemble. Je pensais qu'entre nous il y avait vraiment quelque chose. Qu'il m'aimait. Jusqu'au jour où, un matin, alors que je partais travailler, je croise sa mère qui venait lui faire une surprise pour son anniversaire. Elle m'a dit qu'Antonio avait une fiancée à Milan, que j'étais son « petit jouet américain ».

À ce souvenir, elle sentit son estomac se tordre.

— J'étais abasourdie. Dévastée. Le soir même j'ai rendu les clés de son loft à Antonio et lui ai dit que je ne voulais plus le voir. Il était furieux, m'a répondu qu'il n'était pas question qu'on ne se voie plus. Ensuite, il n'arrêtait pas de m'envoyer des fleurs, des places de théâtre, des bijoux. Il me téléphonait sans cesse. Je lui renvoyais tout ; j'avais beau lui dire que je ne voulais plus rien de lui, il continuait. Finalement, il y a deux mois environ, il a cessé de m'appeler.

Lazzero la regarda par en dessous.

— Et hier soir ?

— Il m'a suivie quand je suis allée aux toilettes. Il m'a dit qu'il ne renonçait pas. Qu'il pensait que j'avais *digéré* l'histoire d'Amalia et qu'il viendrait me voir à New York la prochaine fois qu'il y serait.

— Il veut te récupérer.

— Oui, il veut que je sois sa maîtresse. Je lui ai dit que j'étais fiancée avec toi. Que je t'aimais. Que je voulais qu'il oublie qu'on avait eu une histoire ensemble parce que je ne voulais plus rien avoir à voir avec lui.

— D'après lui, tu refusais de jouer les seconds couteaux. Tu lui as posé un ultimatum, c'était Amalia ou toi, dit Lazzero, narquois.

— Ce n'est pas vrai, répondit-elle en s'emportant. C'est une entreprise de démolition ! S'il ne m'a pas, personne ne m'aura, c'est ce qu'il veut.

— Pourquoi te mets-tu en colère ? Tous les hommes doivent être amoureux de toi. Mais lui, il est puissant. Il a toutes les femmes qu'il veut, alors…

Insinuait-il qu'elle avait cherché à attirer l'attention d'Antonio, la veille au soir ? Qu'elle était responsable de ce qui s'était passé ?

— Antonio pense qu'il peut avoir tout ce qu'il veut parce qu'il a de l'argent, dit-elle. Il estime qu'il y a droit.

Elle se tordait les doigts.

— Tu oublies, dit-elle, que c'est toi qui m'as proposé de l'argent pour t'accompagner. Toi non plus tu ne comprends pas que non, c'est non. Je te rappelle que je n'ai jamais voulu faire partie de ce monde qui m'est totalement étranger.

— Tu dis ça parce que Antonio est ici.

— Oui, parce qu'il est ici. Je l'ai sorti de ma vie, Lazzero. J'ignorais qu'il était marié avec Amalia. Ça a été un choc, quand je l'ai appris hier soir. À aucun moment je ne lui ai laissé espérer qu'il avait la moindre chance de me reconquérir. Tu sais ce que je ressens pour toi.

— Je ne sais rien du tout, dit-il. Et je ne sais que penser. Tu m'as menti, Chiara. À plusieurs reprises, je t'ai demandé ce qui n'allait pas. Tu m'as répondu à côté… que tu étais fatiguée. Comment veux-tu que je te croie, maintenant ?

Elle ferma les yeux et soupira. Elle avait eu tort. Elle aurait dû lui dire la vérité. Elle savait qu'il accordait la plus grande importance à la franchise. Elle savait qu'elle jouait avec le feu en ne lui disant rien, et elle l'avait fait malgré tout.

— J'ai eu peur de te perdre, avoua-t-elle. Peur que tu ne comprennes pas.

Il haussa les épaules avec un rire triste.

— Donc tu as fait ce qu'il fallait pour me perdre, justement. Tu connais mon passé. Je croyais qu'il y avait quelque chose entre nous, que nous étions très, très proches. Qu'un lien se nouait entre nous. En fait, sais-tu même de qui tu es amoureuse ? Il y a quelques mois, c'était lui. Aujourd'hui, c'est moi. Demain, ce sera qui ?

Partagée entre colère et sanglots, elle choisit de se défendre.

— Je n'ai jamais été amoureuse de lui. J'ai cru que je l'étais, mais ce que je ressens pour toi est complètement différent.

Il ne put s'empêcher de ricaner.

— J'ai besoin de croire la personne avec laquelle je suis. Ce n'est pas négociable et tu le savais.

— C'était une erreur d'appréciation, Lazzero. Juste une erreur.

— Une de trop. Tu as quelque chose à ajouter ? Y a-t-il un autre homme puissant… avec qui tu as couché ?

Furieuse, elle se cabra.

— Je t'interdis de me parler comme ça.

Il s'écarta du bar et partit vers le bureau.

— Dis-moi, pourquoi voulais-tu le frapper ? lui demanda-t-elle.

Il se retourna. Son visage était crispé, ses yeux lançaient des éclairs.

— Il venait de dire que tu valais *presque* un caillou de quatre carats. J'ai voulu défendre ton honneur. Quel crétin je suis !

# 11.

Impossible de dormir. Chiara, allongée dans le grand lit, assommée, gelée, attendait que les heures passent et que, peut-être, Lazzero vienne la rejoindre. Mais il était toujours dans son bureau, au téléphone avec ses équipes, essayant de trouver un biais pour sauver la négociation avec Casale.

Elle aurait dû lui parler d'Antonio. En se taisant elle avait détruit tout espoir d'un avenir avec Lazzero. Elle l'avait fait par manque de confiance en elle, parce que ses vieux démons l'avaient rattrapée. C'était trop tard maintenant, ils allaient rentrer à New York, et chacun de son côté retournerait à sa vie d'avant. Quel ratage !

Les yeux rouges et bouffis après une nuit blanche, Chiara monta dans le jet qui allait les ramener à la Big Apple. Lazzero se plongea tout de suite dans une masse de documents.

— Tu fais quoi ? demanda-t-elle timidement.

— Je cherche comment dézinguer notre compétiteur britannique, répondit-il sèchement.

Le reste du vol se passa sans un mot. Même Santo, qui était du voyage, ne parvint pas à dérider son frère.

Arrivée à destination, elle rendit la bague à Lazzero.

— Garde-la, lui dit-il d'un geste impatient comme s'il s'était agi d'un bijou trouvé dans un paquet de lessive.

Elle faillit lui lancer le bijou à la figure, mais préféra lui dire qu'on ne l'achetait pas, qu'elle n'avait jamais été à vendre, et elle lui planta la bague dans la main. Puis elle monta dans la Bentley qui l'attendait avec le chauffeur de Lazzero.

Le moment de grâce avait pris fin. Elle s'était dit que c'était une erreur d'avoir accepté la proposition de Lazzero, une autre erreur d'être tombée amoureuse de lui. Mais les sentiments ne se gouvernaient pas, n'est-ce pas ? Tout cela pour qu'à la fin il lui tourne le dos…

Les larmes aux yeux et aveuglée par les phares des voitures qui arrivaient en face, elle essaya de ne pas penser. Difficile.

Le soleil se couchait, énorme boule de feu dans le ciel, quand Gareth, le chauffeur, la déposa chez elle. L'appartement était étouffant et vide, Kat était partie travailler. Chiara abandonna sa valise dans le salon, trop fatiguée pour ranger ses affaires et trop déprimée pour revoir les splendides robes que Lazzero lui avait offertes et qu'elle avait portées avec lui.

Elle appela son père et promit de venir le saluer le lendemain soir. Il allait mieux car une organisation de bienfaisance avait pris en charge le loyer de la boulangerie jusqu'à la fin de l'année, lui apprit-il. Elle se fit du thé et alla s'asseoir au salon devant une série télévisée. Il faisait de plus en plus chaud. Le téléviseur de la voisine du dessous hurlait et, comme d'habitude, l'air conditionné refusait de fonctionner.

Rien n'avait changé, en somme. Sauf que tout avait changé. Et c'était peut-être pour cela qu'elle était si angoissée. En partant elle était une certaine Chiara et au retour elle en était une autre. À cause de Lazzero.

Incapable de se retenir plus longtemps, elle fondit en larmes, de grosses larmes chaudes qui ne semblaient pas vouloir s'arrêter. C'était ridicule. Que lui avait offert Lazzero de plus qu'Antonio ? Rien. Et elle aurait dû s'y attendre.

Fatiguée, triste, elle tituba jusqu'à son lit. Le décalage horaire faisant, elle sombra jusqu'au lendemain matin et se réveilla très remontée. Il n'était pas question qu'elle se laisse abattre à cause de Lazzero Di Fiore. Elle allait prendre un café avec Bianca et foncer. S'il y avait une chose qu'elle avait apprise de lui, c'était qu'on ne devait compter que sur soi pour réaliser ses rêves. Autrement dit, c'était à elle de prendre son destin en mains.

Elle rencontra Bianca au Daily Grind. Grande, belle, presque théâtrale, Bianca y fit une entrée très remarquée. Voyant que cette superbe femme, sorte de clone de Katharine Hepburn, regardait son annulaire gauche avec insistance, Chiara lui annonça qu'ils avaient rompu.

— C'est ma faute, dit-elle.

Elle tint le même discours à ses collègues de travail après le départ de Bianca.

Une semaine après son retour, Lazzero ne s'était toujours pas manifesté. C'était fichu.

Lazzero, penché sur son écran d'ordinateur, un café à la main, lisait le dernier courriel de Gianni. L'Italien avait une fois de plus changé les règles du jeu.

— Enid !

Son assistante accourut sur-le-champ.

— Qu'est-ce que c'est que ce café ? Il ne vaut pas un clou. On a une machine à café, non ?

La jeune fille, désarçonnée par sa mauvaise humeur et la bizarrerie de sa récrimination, resta pétrifiée à la porte.

— Heu… Oui, bafouilla-t-elle.

— J'en veux un autre !

Entendant le hurlement de son frère, Santo sortit de son antre.

— C'est le décalage horaire qui t'énerve comme ça ?

— Non, c'est Gianni. Il a encore modifié les termes de la proposition.

Santo alla à la fenêtre. Lazzero l'y rejoignit.

— C'est tout vu, dit-il. On arrête là. On va annoncer aux analystes que nos prévisions de croissance sont exactes mais que cela prendra un peu plus de temps.

— T'imagines la tempête, vieux ? Un tsunami. Tu le sais. On leur reprocherait de ne pas atteindre leurs objectifs, une première pour cette entreprise de renom international, mais peu importait, Lazzero était bien décidé à ne pas laisser les financiers, bien au chaud dans leurs fauteuils de cuir, dans leurs bureaux feutrés, faire la loi chez eux.

— C'est bon, on les élimine.

— OK, dit Santo, se rangeant à l'opinion de son frère. Dehors, les Casale ! On va continuer seuls et revenir à notre cœur de métier. Dis à Gianni qu'il aille se faire voir.

Ravi, Santo explosa de rire. Surprenant l'assistante qui revenait avec un nouveau café et s'empressait de battre en retraite après avoir déposé la tasse sur le bureau, il ajouta :

— Tu vas faire quoi pour la barista, d'ailleurs ?

— Qu'est-ce que tu racontes ? maugréa Lazzero. Je ne vais rien faire, pourquoi ?

— Parce qu'il suffit de vous voir essayer de ne pas vous regarder, comme dans l'avion, pour comprendre qu'il y a un truc entre vous. J'ai bien vu comment tu étais avec ellc, là-bas. Elle te faisait sourire. C'est nouveau, chez toi ! En revanche, depuis une semaine qu'on est rentrés, tu ne t'es pas rasé, t'as une mine de décavé et tu es malheureux. Tu ne l'avoueras pas, mais moi je le sais.

Son frère n'avait peut-être pas tort mais lui, il était toujours fâché.

— Dis-le, que tu en pinces pour elle. Dis-le. C'est quoi, le problème ?

Le problème ? Elle l'avait déçu et sur beaucoup de plans. Finalement, elle était comme les autres femmes qu'il avait connues.

— Ça n'aurait pas marché. De toute manière, c'était temporaire.

— Content de le savoir. Parce qu'elle est géniale, cette fille, et si tu ne poursuis pas avec elle, tant mieux, la voie est libre pour moi.

Il éclata de rire.

Lazzero avait beau savoir que son frère plaisantait, il ne put cacher un mouvement d'humeur. De jalousie ?

Cette « fille géniale » lui manquait, du matin au soir, depuis la machine à café jusqu'à son lit sur lequel n'était plus étalé le pyjama avec ses gros baisers rouges. Oui, tout était vide. Évidemment, il y avait le mensonge par omission qu'elle lui avait fait. La confiance et la franchise étaient essentielles pour lui. Mais, quand même…

Le premier lundi après Labor Day était toujours lugubre au Daily Grind. Les étudiants étaient de retour, assoiffés de caféine, comme d'habitude. Les traders, frénétiques, couraient à leurs bureaux après un week-end dans les Hamptons. Sivi était en larmes, son chéri, un banquier de Wall Street ayant profité de la Fête du travail pour rompre. Et Chiara, qui avait déjà servi une demi-douzaine de clients, regardait, désespérée, la file s'allonger à l'extérieur.

— Tu sais ce que je pense ? dit Sivi. Je pense que Ted m'a larguée parce que j'étais juste bonne pour mettre un peu d'action pendant l'été. Il disait que j'étais canon en maillot de bain. Ils sont comme ça depuis toujours, les hommes à Manhattan. Ils prennent les filles et ils les jettent.

— Ça, je confirme, dit une fille dans la file d'attente. Ma coloc a trouvé le cadeau de rupture de son mec au milieu de ses petites culottes, ce week-end.

— Au moins elle a eu un cadeau ! fit Sivi. Je l'aimais, je veux dire, je l'aimais vraiment, les filles. Le Blackberry au lit ? Pas de problème. Football tout le dimanche ? Je me faisais les ongles. Il ronflait pire qu'un TGV qui aurait traversé la chambre ? Je l'excusais parce que c'était un sacré bon coup. Eh oui, les filles, je suis comme ça !

Oh là là ! Chiara se serait bien mis la tête dans les mains mais elle avait deux expressos et un Américano à faire… Et zut ! Maintenant une cliente repoussait sa tasse sur le zinc.

— Ce n'est pas ce que j'ai commandé. J'ai demandé un *triple venti macchiato, mi-sweet avec du caramel à zéro pour cent.*

Chiara compta jusqu'à cinq pour se calmer. Sivi brandit une tasse et l'agita en l'air.

— Y a-t-il seulement un homme à Manhattan qui ait des intentions sérieuses ? reprit-elle.

— Oui, moi, répondit une voix virile, un peu rauque. Mais je crois que je ne l'ai pas bien fait savoir.

Chiara tressaillit. Elle reconnaissait cette voix. Elle appartenait à un homme qui faisait la queue comme les autres, et tous avaient les yeux braqués sur lui. Il avait de vrais airs de Lazzero avec son costume à rayures tennis, sa chemise blanche de chez blanche et sa cravate noire. Mince ! Il était tellement beau. Incapable de servir un expresso de plus, Chiara s'accrocha au bord du zinc, bouleversée, et ne le quitta plus des yeux.

Il lui avait manqué. Il lui avait affreusement manqué.

Le souvenir de leurs derniers moments ensemble ne l'avait plus laissée en paix. La plaie saignait encore.

Elle inspira profondément, lâcha le comptoir et recommença le macchiato qu'elle avait raté. Ses mains tremblaient. Non, ce n'était pas lui. Il ne lui ferait pas ça. Pas ici, pas maintenant.

Pourtant si, pas de doute, c'était lui.

— Justement si, je suis un homme comme ça, dit Lazzero. Je plaide coupable. D'avoir laissé tomber une femme sans y réfléchir à deux fois. D'avoir cru qu'avec un bijou je pouvais en faire ce que je voulais le temps d'un week-end. De m'être figuré que l'argent me donnait des droits sur tout et sur tout le monde.

Une petite brune le buvait du regard, de ses mocassins italiens à pompon jusqu'à son épaisse tignasse noire.

— Je ne peux pas dire que j'aurais dit non, fit-elle.

— Jusqu'à ce que, reprit Lazzero, les yeux rivés sur elle, je rencontre la femme qui m'a convaincu que je faisais fausse route. Que je voulais autre chose dans la vie. Elle m'a ébranlé et j'ai tout essayé pour lui montrer l'homme caché sous le costume. Et puis, j'ai tout gâché.

D'émotion, Chiara lâcha la tasse qu'elle avait à la main, qui éclaboussa partout. Elle regarda Lazzero qui, pour la première fois, venait d'exprimer des sentiments. Lazzero qui lui avait parlé comme s'ils avaient été seuls tous les deux. La moitié de la file qui attendait d'être servie les regardait, stupéfaite, dans une salle où l'on aurait entendu une mouche voler.

— C'est fini entre nous, dit-elle avec calme. Tu as été très clair là-dessus, Lazzero.

— C'était une erreur. Donne-moi une autre chance.

Elle versa le macchiato raté dans l'évier. Son cœur battait à coups redoublés, elle le sentait cogner dans sa poitrine. *Bang, bang, bang…* Elle était heureuse, malheureuse, interdite, incrédule. Ferme, aussi

— Je ne te donne rien, dit-elle. Je ne te ferai plus de café parce que tu me l'ordonnes. Je ne te servirai plus jamais de faire-valoir et, surtout, je ne veux plus jamais rien te coûter.

— Ça ne m'intéresse pas d'être avec toi de temps en temps, répondit-il, la voix grave, avançant vers le comptoir. Je te veux avec moi pour toujours. Je me suis retiré du projet de partenariat avec l'Italien, Chiara. Rien ne va bien quand tu n'es pas là.

Quoi ? Il avait renoncé à ce partenariat auquel il tenait tant ? Pourquoi ? Elle nota les cernes sous ses yeux, ses rides de chaque côté de sa bouche, sa barbe mal rasée. Ce n'était plus le Lazzero froid et sûr de lui. C'était un autre homme.

— Je suis amoureux de toi, Chiara. Donne-moi une autre chance.

— Je ne sais pas si vous êtes facile à vivre, reprit la jolie brune, mais rien que pour le costume, vous me plaisez.

— Il a fallu qu'il quémande, ricana une blonde. On ne sait pas ce qu'il a fait.

Accroupie par terre pour réparer les dégâts, Chiara ne les entendait pas. De toute façon, elle était trop bouleversée pour écouter.

— C'est bon, maintenant, dit un ouvrier qui faisait la queue, on peut peut-être avoir notre café. Faut qu'on aille travailler si on veut gagner notre vie.

Chiara se releva, presque hagarde, et regarda sans les voir les cafés posés devant elle.

— Toi, tu n'es plus bonne à rien maintenant, dit Tara.

Sivi, tu t'occupes du bar. Et, par pitié, fais attention à ce que tu fais.

Chiara ne se le fit pas dire deux fois, elle quitta son tablier et suivit Lazzero qui sortait en lui tendant la main. Dehors un grand soleil brillait. Tout étourdie, elle s'adossa au mur du café et scruta Lazzero du regard.

— Tu penses vraiment ce que tu disais ? Que tu m'aimes ?

— Oui, dit-il en posant la main sur le mur, à droite de son visage. Même si je ne sais plus trop ce que j'ai dit. C'était complètement improvisé. Tu as l'art de provoquer chez moi des réactions irrationnelles.

Chiara se mordilla les lèvres.

— Tu as dit que tu renonçais au partenariat avec Gianni. Pourquoi fais-tu ça ?

— Parce que tu avais raison. Quelque part en route, j'ai perdu l'amour de mon métier et j'ai besoin de le retrouver. C'est pour lui que je me lève, le matin. Et que je travaille aussi la nuit. Enfin, parfois… Et puis j'ai senti un vide terrible dans ma vie. Et ce vide, toi seule peut le combler.

— Tu m'as beaucoup blessée en disant certaines choses, Lazzero.

Il caressa ses joues.

— Je sais et je te demande pardon. Mais je n'étais pas dans mon état normal. Antonio m'a mis hors de moi. J'étais vert de jalousie. Je me suis dit que tu l'aimais peut-être toujours parce que lui, c'est clair, il t'aime toujours. Oui, j'étais très en colère parce que je savais que toi et moi, c'était sérieux.

— Oui, c'était sérieux. J'aurais dû te faire confiance mais il fallait que toi aussi, tu me croies. Ça marche dans les deux sens.

— Tu as raison, admit-il. Et cela confirme ce que j'ai toujours pensé, que les relations entre un homme et une femme sont compliquées. C'est pour ça que je n'ai jamais voulu m'engager… Je ne voulais pas faire comme mon père.

Elle lui sourit, caressa tendrement son visage.

— Pendant longtemps, ajouta-t-il, j'ai avancé dans l'existence à moitié vivant seulement. Je croyais que j'étais heureux, que je n'avais besoin de personne. Jusqu'à ce que tu entres dans ma vie et que tu me montres à côté de quoi je passais.

Elle empoigna ses cheveux et attira son visage à elle.

— Je t'aime, murmura-t-elle.

Tout à l'ardeur de leur baiser, ils ne virent pas le vieux Claudio passer derrière eux, un journal sous le bras.

— Il t'en aura fallu du temps, marmonna-t-il. Je ne comprends rien à la façon moderne de faire la cour.

# Épilogue

C'était le mariage de Nico Di Fiore avec Chloé Russo dans la très élégante et majestueuse cathédrale Saint-Patrick, dans le centre de Manhattan. L'événement, très attendu, réunissait des invités du monde entier, triés sur le volet. C'était, en cette veille de Noël, le rendez-vous où il fallait être.

Chloé, qui avait choisi cette date parce que c'était le jour de l'année que son père préférait, remontait la nef, superbe dans une robe ivoire, chatoyante, du grand couturier Amsale.

Les cinq cents invités ne pouvaient que s'extasier sur la beauté de Chloé et son élégance. C'était la version brune de Grace Kelly. Mireille, la sœur de Chloé qui la précédait dans l'église, portait une robe longue bronze parfaitement dans le thème du mariage, le métal.

Nico, en Armani, aurait pu poser pour un magazine de mode tant il était beau. Les deux garçons d'honneur, Lazzero et Santo, n'avaient, côté séduction, rien à lui envier.

Après la cérémonie à l'église, la réception eut lieu dans le grand hall du Metropolitan Museum of Art, à Central Park. Compte tenu de la qualité des invités, les mariés ne pouvaient pas faire moins. Après le dîner, truffe et caviar, tous passèrent dans le salon où avait été aménagée une piste de danse. Chloé et Nico ouvrirent le bal.

Chiara, qui regrettait de ne pas avoir son carnet pour croquer les élégantes de la soirée, passa de cavalier en cavalier, Lazzero étant retenu par ses obligations de garçon d'honneur. Mais elle sentait son regard en permanence posé sur elle. Mireille, la sœur aussi sophistiquée qu'irrévérencieuse de Chloé, lui fit un clin d'œil. Chiara la trouvait de plus en plus sympathique.

— Il est tellement fou de toi, lui dit Mireille, qu'il ne sait plus distinguer le nord du sud. C'est étonnant, je pensais que je ne verrais jamais un autre Di Fiore tomber amoureux. Nico, je veux bien. Je l'ai toujours connu amoureux de Chloé. Mais Lazzero ? Je pensais que c'était irrémédiable. Jusqu'à ce que je le voie avec toi.

Son regard glissa vers Santo autour de qui s'agitait un essaim de cœurs à prendre.

— Et Santo ? s'enquit Chiara. Tu penses que son cas est désespéré ?

Un petit air malicieux passa sur le visage de Mireille.

— Lui, je ne sais pas. Il a été très amoureux d'une femme qui l'a laissé tomber. Il a été très malheureux.

Intriguée, Chiara appuya sa coupe de champagne sur son menton.

— Il y a des chances pour qu'ils renouent ?

— C'est peu probable, à mon avis.

Estimant sans doute qu'elle en avait déjà trop dit, Mireille changea de sujet.

— J'adore ta robe. C'est une de tes créations ?

Chiara opina.

— Tu ne me ferais pas la même ? J'ai besoin d'une robe pour la soirée de la Saint-Valentin.

— Bien sûr, répondit Chiara, très flattée.

C'était inespéré. Mireille était attachée de presse, et une personnalité très en vue dans ce que New York comptait de personnages importants. Elle faisait référence en matière de mode.

Elles bavardaient encore quand Lazzero vint la chercher pour la faire danser.

— Tu sais, lui dit-elle tout de suite, Mireille adore ma robe. Elle m'a demandé de lui faire la même. C'est génial, non ?

Il effleura sa tempe du bout des lèvres.

— C'est vrai, ta robe est très belle, comme toi. À ce propos, jusqu'à quand travailles-tu à la boulangerie ?

— La semaine prochaine. Ma tante Gloria prend sa retraite et va venir me remplacer. Mon père est ravi, il l'aime beaucoup. Imagine-toi qu'il joue au théâtre maintenant, tous les vendredis soir ! Incroyable, non ?

— Je crois que ton voyage en Italie lui a fait du bien. Mais, dis-moi, tu n'aurais pas envie de prendre l'air ?

Ils prirent leurs manteaux et sortirent. Dehors, une couche de neige avait tout recouvert. Il ne faisait pas chaud et Chiara frissonna. Brusquement, Lazzero s'arrêta et mit un genou à terre.

— Qu'est-ce qu'il t'arrive ? demanda-t-elle inquiète.

Il fouilla dans sa poche et sortit son poing fermé, qu'il ouvrit sous ses yeux. Des milliers d'éclats comme autant de taches de rousseur étincelantes éclaboussèrent son visage.

*Le* diamant !

— J'ai hésité toute la semaine à t'acheter une autre bague, mais je savais que tu aimais celle-ci. Et puis, elle me rappelle tellement toi. Elle est vibrante, comme toi. Pleine de vie, comme toi. Et tellement forte.

Elle ravala un sanglot. C'était Lazzero qui la rendait forte. Inébranlable.

— Je l'adore, dit-elle en lui tendant la main.

Il la glissa à son doigt. Puis, avec beaucoup d'émotion, lui dit :

— Je ne suis pas Alfredo, mais je veux vivre toute ma vie avec toi, Chiara. Je veux être celui qui sera toujours là pour toi. Celui qui te protégera. Ne t'abandonnera jamais. Si tu le veux, me feras-tu l'honneur de devenir ma femme ?

Elle empoigna les revers de son manteau et le releva. Il happa alors sa bouche pour le plus passionné des baisers. Quand il reprit son souffle, il la prit dans ses bras et la fit tourner un moment avec lui.

— Tu cesses de travailler au Daily Grind, demain, dit-il en levant la main pour arrêter un taxi sur la Cinquième Avenue.

— Tu veux que je t'apporte ton café tous les matins, c'est ça ? se moqua-t-elle.

— Oui, au lit et avec toi dedans.

Vous avez aimé *Un audacieux marché* ? Retrouvez vite en numérique les deux premiers titres de cette série signée Jennifer Hayward :

1. *Un Noël avec son patron*
2. *Un audacieux marché*

Et rendez-vous au mois d'août pour le troisième roman mettant en scène un puissant Di Fiore !
Dans votre collection Azur !

Retrouvez en juillet 2019,
dans votre collection

*Azur*

**Le chantage d'un milliardaire grec, de Tara Pammi - N°4103**

*MARIAGE ARRANGÉ*

Le jour où elle a épousé Kairos Constantinou, Valentina était folle d'amour pour son ténébreux Grec. C'était avant qu'elle ne découvre que leurs noces étaient arrangées et que jamais Kairos ne partagerait ses sentiments. Dévastée, elle est parvenue à fuir le foyer conjugal. Hélas, alors que, neuf mois après leur séparation, elle réclame le divorce à Kairos, celui-ci la met face à un odieux chantage. Il lui rendra sa liberté, à condition qu'elle rejoue durant trois mois, et aux yeux de tous, le rôle de son épouse…

**Ce lien qui les unit, de Cathy Williams - N°4104**

Un regard aura suffi. Entre Maddie et Leo Conti, l'attirance est immédiate – et irrésistible. Guidés par la passion, tous deux succombent au désir. Mais au lendemain de cet abandon charnel, les amants se découvrent… ennemis. Maddie n'est autre que l'héritière du grand magasin que Leo est résolu à acheter ! Opposés en affaires, Maddie et Leo se retrouvent bientôt liés par le bébé qu'ils ont conçu durant leur unique nuit d'amour…

**Entre haine et désir, de Heidi Rice - N°4105**

*ENFANT SECRET*

Magnat de l'hôtellerie, Lukas Blackstone a l'habitude de tout contrôler. Mais la belle Bronte vient soudain bouleverser son univers en lui révélant qu'il a un neveu de trois ans. Un enfant qu'il est le seul à pouvoir sauver ! Malgré l'animosité mêlée de désir que lui inspire Bronte, Lukas n'a d'autre choix que d'assumer ses responsabilités. Il aidera le petit Nico, mais tout en gardant à distance la femme qui s'est immiscée dans sa vie – et dans ses rêves…

**Promesses trahies, d'Abby Green - N°4106**

En épousant Nicolo Santo Domenico, Chiara se résout à ce qui ne sera jamais qu'un mariage de convenance, entre eux. Après tout, les raisons qui ont poussé Nico à la séduire sont aussi froides que le cœur de cet homme. Alors qu'il faisait sa conquête, il ne voyait en elle que la riche héritière du *castello*. Alors qu'elle tombait amoureuse de lui, Nico lui mentait. Mais quand, à la suite de leur fabuleuse nuit de noces, elle se découvre enceinte, Chiara décide de fuir ce simulacre de mariage...

**Pacte avec un roi, de Natalie Anderson - N°4107**

Entraînée par sa famille dans un retentissant scandale, Kassie donnerait tout pour qu'on l'oublie. Hélas, le jour où elle est enlevée par le roi Giorgos Nicolaides, pour raison d'État, elle comprend que sa vie a basculé. La princesse Eleni, sœur de Giorgos, a disparu, et le souverain est convaincu que Kassie détient des informations qui permettraient de la retrouver. Kassie ne sait rien de cette affaire, mais comment échapper au roi, à son aura, à sa séduction ? Déjà, il lui propose un marché odieux : si elle l'aide à préserver la réputation de sa sœur, Giorgos l'initiera au plaisir...

**Liaison au *palazzo*, d'Andie Brock - N°4108**

Jaco Valentino est drôle, charismatique, sexy – et Leah tombe immédiatement sous son charme. Dans le *palazzo* de Capezzana, entouré de vignes magnifiques, ils entament une liaison. Aux folles nuits de passion succèdent, malheureusement, les longues absences de Jaco, qui voyage à travers le monde pour ses affaires. Malgré le manque, Leah apprend à se satisfaire de n'être que la maîtresse de l'homme qu'elle aime en secret. Jusqu'à ce qu'elle se découvre enceinte de son amant...

**Le joyau d'un Italien, de Miranda Lee - N°4109**

Une luxueuse villa à Capri est le dernier joyau que Leonardo Fabrizzi convoite. Seulement, la belle Veronica Hanson, héritière de la propriété, refuse de la lui vendre. Parce qu'il n'est pas du genre à renoncer, Leonardo décide de conquérir la jeune femme, pour mieux la faire céder. Mais de la séduction à la passion, il n'y a qu'un pas, que tous deux franchissent. Et bientôt, ils doivent faire face à une conséquence inattendue...

**Le fils du prince Stefano, de Jennie Lucas - N°4110**

SÉRIE : *HÉRITIERS SECRETS & SCANDALEUSES MARIÉES* - 2/3

Depuis toujours, Tess rêve au grand amour, celui qui vous chavire. Sa rencontre avec Stefano est une révélation pour elle : un coup de foudre, une soirée magique, une danse fiévreuse, et une nuit inoubliable. Mais le conte de fées prend fin quand Stefano se volatilise, la laissant seule… et enceinte ! Deux ans plus tard, c'est avec stupeur que Tess retrouve son amant disparu et découvre qu'il est prince…

**Le règne de Malak, de Caitlin Crews - N°4111**

SÉRIE : *LES ROIS DU DÉSERT* - 4/4

Malak al-Khalia a longtemps mené l'existence légère d'un play-boy. Collectionnant les conquêtes féminines et les voyages, il ne songeait qu'à assouvir ses désirs. Pourtant, le jour où il se retrouve roi, le voilà contraint d'assumer son statut de souverain – et les responsabilités qui y sont associées. Un défi d'autant plus grand qu'il découvre soudain que l'une de ses maîtresses, l'inoubliable Shona, a eu un enfant de lui…

**Plaisir vengeur, de Lucy Monroe - N°4112**

Depuis la tragédie qui a marqué sa vie, Miranda se méfie des autres – et surtout des hommes. Pourtant, dans les bras de Basilio Perez, le sublime milliardaire qu'elle vient de rencontrer, elle se sent soudain à sa place… et heureuse ! Se pourrait-il qu'il soit celui dont elle a toujours rêvé ? Alors qu'elle se laisse griser par le bonheur, la réalité la frappe de plein fouet. Si Basilio l'a séduite, c'est qu'il a de sombres desseins et veut se venger d'elle !

**Le plus beau des secrets, de Melanie Milburne - N°4113**

Jamais Ashley n'aurait pensé revoir Jake. Pourtant, celui-ci est de retour à Sydney et veut lui confier la tâche d'inventorier les précieuses antiquités que recelait la maison de famille qu'il a héritée de son père. Bien sûr, pour Ashley, il n'est pas question de refuser cette incroyable opportunité professionnelle. Mais elle sent néanmoins l'angoisse l'étreindre à la pensée de côtoyer l'homme qu'elle a fui, quatre ans plus tôt, alors qu'elle était enceinte... Aura-t-elle la force aujourd'hui de lui révéler qu'ils ont un fils de trois ans ?

# OFFRE DÉCOUVERTE !

Vous souhaitez découvrir nos collections ? Recevez **votre 1er colis gratuit*** av **2 cadeaux surprises !** Une fois votre colis de bienvenue reçu, si vous souhai continuer à recevoir nos livres, cela se fera automatiquement. Vous recevrez alc vos livres inédits** en avant-première.

Vous n'avez aucune obligation d'achat et cette offre est sans engagement de duré

*1 livre offert + 2 cadeaux / 2 livres offerts pour la collection Azur + 2 cadeaux.
**Les livres Ispahan, Sagas, Hors-Série, Allegria et Best Féminins sont des réédités.

**☛ COCHEZ la collection choisie et renvoyez cette page au**
**Service Lectrices Harlequin – CS 20008 – 59718 Lille Cedex 9 – France**

| Collections | Références | Prix colis France* / Belgique* |
|---|---|---|
| ❑ **AZUR** | Z9ZFA6/Z9ZF6B | 6 livres par mois 28,49€ / 30,49€ |
| ❑ **BLANCHE** | B9ZFA3/B9ZF3B | 3 livres par mois 23,35€ / 25,35€ |
| ❑ **LES HISTORIQUES** | H9ZFA2/H9ZF2B | 2 livres par mois 16,49€ / 18,49€ |
| ❑ **ISPAHAN** | Y9ZFA3/Y9ZF3B | 3 livres tous les deux mois 23,20€ / 25,20 |
| ❑ **HORS-SÉRIE** | C9ZFA4/C9ZF4B | 4 livres tous les deux mois 31,65€ / 33,6 |
| ❑ **PASSIONS** | R9ZFA3/R9ZF3B | 3 livres par mois 24,79€ / 26,79€ |
| ❑ **SAGAS** | N9ZFA4/N9ZF4B | 4 livres tous les deux mois 35,35€ / 37,35 |
| ❑ **BLACK ROSE** | I9ZFA3/I9ZF3B | 3 livres par mois 24,79€ / 26,79€ |
| ❑ **VICTORIA** | V9ZFA3/V9ZF3B | 3 livres tous les deux mois 25,69€ / 27,6 |
| ❑ **ALLEGRIA** | A9ZFA2/A9ZF2B | 2 livres tous les mois 16,49€ / 18,49€ |
| ❑ **BEST FÉMININS** | E9ZFA2/E9ZF2B | 2 livres tous les mois 18,55€ / 20,55€ |
| ❑ **MAGNETIC** | K9ZFA4/K9ZF4B | 4 livres tous les 2 mois 29,39€ / 31,39€ |

N° d'abonnée Harlequin (si vous en avez un) ____________

Mme ❒ Mlle ❒ Nom : ____________

Prénom : ____________ Adresse : ____________

____________

Code Postal : ______ Ville : ____________

Pays : ____________ Tél. : ______________

E-mail : ____________

Date de naissance : ____________

❒ Oui, je souhaite recevoir par e-mail les offres promotionnelles des éditions Harlequin.
❒ Oui, je souhaite recevoir par e-mail les offres promotionnelles des partenaires des éditions Harlequin.

**Date limite : 31 décembre 2019.** Vous recevrez votre colis environ 20 jours après réception de ce bon. Offre soumise à acceptation et réservée aux personnes majeures, résidant en France métropolitaine et Belgique, dans la limite des stocks disponibles. Prix susceptibles de modification en cours d'année. Vous pouvez demander à accéder à vos données personnelles, à les rectifier ou à les effacer. Il vous suffit de nous écrire en nous indiquant vos nom, prénom et adresse à : Service Lectrices Harlequin CS 20008 59718 LILLE Cedex 9. Service Lectrices disponible du lundi au vendredi de 8h à 18h : 01 45 82 47 47 ou 33 1 45 82 47 47 pour la Belgique.

Composé et édité par HarperCollins France.

Achevé d'imprimer en mai 2019.

BLACK PRINT

Barcelone

Dépôt légal : juin 2019.

MIXTE
Papier issu de sources responsables
FSC® C108412

Pour limiter l'empreinte environnementale de ses livres, HarperCollins France s'engage à n'utiliser que du papier fabriqué à partir de bois provenant de forêts gérées durablement et de manière responsable.

*Imprimé en Espagne.*